Christian Bieniek / Vanessa Walder

Leas Liebes GmbH

Christian Bieniek,
eingefleischter Düsseldorfer, ist einer der beliebtesten und erfolgreichsten Kinder- und Jugendbuchautoren. Nach jährlich 250 bis 300 Lesungen in Schulen, Bibliotheken und Buchhandlungen kennt er seine Pappenheimer ganz genau. Das spannungsreiche Verhältnis von Mädchen und Jungs ist eines seiner bevorzugten Themen.

Vanessa Walder,
geboren in Heidelberg, studierte in Wien einige Semester Jura, bevor sie sich ganz aufs Schreiben verlegte. Sie arbeitete als Journalistin und als Chefin vom Dienst für die österreichische Jugendzeitschrift TOPIC. Seit 2000 ist sie eine erfolgreiche freiberufliche Autorin.

Weitere Romane von Christian Bieniek im Arena Verlag:
Der Mädchenhasserclub
Alles easy oder was?
Frisch verliebt ist halb gelogen
Immer cool bleiben
Knusper, knusper, Mädchen
Küss mich – jetzt!
Michelle XXL
Svenja hat's erwischt
Voll ins Herz

Weitere Romane von Vanessa Walder im Arena Verlag:
Leslie – vorher nachher

Christian Bieniek / Vanessa Walder

Leas Liebes GmbH

Herz und Schmerz und Sauerampfer

Arena

In neuer Rechtschreibung

1. Auflage 2003

Einbandgestaltung: Barbara Schaaf
Gesamtherstellung: Westermann Druck Zwickau GmbH
ISBN 3-401-05482-1

1. Kapitel

Ich hasse die Schule!«, regt sich Nadja auf. »Ich hasse sie! Ich hasse sie! Ich hasse sie! Du auch, Lea?«

»Nein«, antworte ich. »Ich liebe die Schule!«

Nadja reißt erstaunt die Augen auf. »Wirklich?«

»Ja, wirklich!«, versichere ich ihr. »Das Einzige, was ich hasse, ist Biologie, Englisch, Französisch, Erdkunde, Physik, Sport und Mathematik. Aber ansonsten finde ich die Schule ganz toll.«

»Hä?«, macht Nadja und fährt sich durch die dichten schwarzen Locken, die ihr fast bis zum Bauchnabel reichen. »Das kapier ich nicht. Du etwa, Stefanie?«

Weil Stefanie nicht reagiert, rammt Nadja ihr den linken Ellenbogen in die Seite. Stefanie zuckt nicht mal zusammen, so weggetreten ist sie. Schon seit ein paar Tagen benimmt sie sich äußerst merkwürdig. Irgendwas stimmt nicht mit ihr.

»Lass sie in Ruhe!«, fordere ich Nadja auf, worauf sie mir einen düsteren Blick zuwirft und die Hände in die Hosentaschen stopft.

Stefanie ist meine beste Freundin. Nadja ist ebenfalls meine beste Freundin. Allerdings ist Nadja nicht Stefanies beste Freundin. Und Stefanie ist erst recht nicht Nadjas beste Freundin. Ehrlich gesagt, sind Stefanie und Nadja auch nicht immer meine besten Freundinnen. Manchmal sind sie sogar meine besten Feindinnen. Ja, wir streiten uns wahnsinnig gern. Aber noch lieber vertragen wir uns hinterher wieder.

Wir sind auf dem Weg nach Hause. Obwohl wir eigentlich nicht in derselben Gegend wohnen, verlassen wir nach dem Schlussgong immer gemeinsam die Schule und trennen uns erst am Lessingplatz.

Heute Morgen hat es noch geregnet, doch jetzt ist der Himmel strahlend blau. Ich muss an die Sommerferien denken. Ob wir es uns in diesem Jahr endlich mal wieder leisten können, in Urlaub zu fahren? Das Mittelmeer habe ich schon ewig nicht mehr gesehen. Ich wäre sogar schon mit der Ostsee zufrieden. Hauptsache Sand und Wasser und ein bisschen Sonne. Und zwei Wochen lang keine Diskussionen über unsere Schulden.

Auf einmal pikst mich Nadja mit einem Finger in den Arm und sagt: »Sei ehrlich, Lea: Wie schwer findest du die Matheaufgaben?«

»Fünfzehn Kilo schwer!«, brumme ich. »Können wir nicht mal über was anderes reden?«

Genau in diesem Augenblick überholt uns Oliver und wirft sich vor Nadja auf die Knie.

»Ich liebe dich!«, stößt er mit verzückter Miene hervor. »Ich liebe dich, Nadja! Willst du dich heute Nachmittag mit mir treffen?«

»Nein«, entgegnet sie kühl.

»Wieso nicht?«, fragt Oliver.

»Wegen Arthur.«

»Arthur?«, wiederholt er. »Wer soll das sein? Liebst du diesen Arthur mehr als mich?«

Nadja schüttelt den Kopf. »Ich kann ihn nicht ausstehen! Aber ich muss mich trotzdem jeden Nachmittag um ihn kümmern.«

»Aber warum denn?«, will Oliver wissen.

»Weil er mein Bruder und vier Jahre alt ist.«

Oliver grinst. »Ach so!«

Im Nu rutscht er ein Stückchen weiter und versucht es mit seiner Liebesnummer bei mir.

»Ich liebe dich, Lea! Wann sollen wir uns heute treffen? Wir könnten zusammen ein Eis essen. Oder uns auf eine Bank am Rhein setzen. Ganz egal. Hauptsache, ich bin mit dir zusammen. Ich liebe dich nämlich so sehr! Du bist der goldene Stern über meinem grauen Leben. Mein Licht in dunkler Nacht, mein Ein und Alles.«

»Und du bist der schwarze Dreck unter meinen Fingernägeln!«, fauche ich ihn an. »Warum hörst du nicht auf mit diesem Quatsch? Alle wissen, dass du jedes weibliche Wesen auf diesem Planeten liebst. Niemand von uns fällt auf dein Gesülze rein, verstanden?«

»Du auch nicht, geliebter Engel?«, fragt er Stefanie, aber die dreht nicht mal ihren Kopf in seine Richtung.

»Na gut!«, meint Oliver gelassen und steht auf. »Dann suche ich mir halt ein anderes Mädel für heute Nachmittag.«

»Und wo bitte schön?«, frage ich.

Er schaut sich nach allen Seiten um. Auf der anderen Straßenseite entdeckt er eine mollige Blondine mit Sonnenbrille, grüner Strumpfhose und lila Rock.

»Huhu!«, ruft Oliver ihr zu.

Das Mädchen bleibt stehen und wirft Oliver einen verdutzten Blick zu. Ohne Zögern marschiert er auf sie zu. Als er bei ihr ankommt, fällt er sofort auf die Knie, greift sich ihre Hände und legt mit seinen dummen Sprüchen los. Die Blondine ist anscheinend mächtig beeindruckt. Hektisch zupft sie an ihren Haaren und ihrem Rock herum. Als Oliver sein Handy zückt und sie um ihre Nummer bittet, bekommt er sie problemlos. Dann nickt sie ihm zu und geht weiter.

»Ich liebe dich!«, brüllt Oliver so laut, dass sich seine Stimme überschlägt. »Ich liebe dich!«

Eilig biegt das blonde Mädchen in die nächste Seitenstraße ein.

Oliver kommt wieder auf die Füße. Ehe er sich auf den Weg zu seiner Bushaltestelle macht, zwinkert er uns zu und küsst dreimal in die Luft.

»Irgendwie ist Oliver unheimlich süß«, meint Nadja lächelnd, nachdem wir uns wieder in Bewegung gesetzt haben. »Allerdings nicht so süß wie Igor.«

»Wer ist Igor?«, erkundige ich mich.

Nadja kichert. Dann passiert etwas höchst Seltsames. Stefanie, die bis jetzt keinen Mucks von sich gegeben hat, stampft plötzlich voller Wut mit dem rechten Fuß auf und brüllt: »Du kotzt mich an, Nadja!«

Nach diesen Worten eilt sie mit großen Schritten davon.

Nadja und ich bleiben verdattert stehen.

»Ist die noch ganz dicht?«, fragt Nadja. »Ich hab gekichert und nicht gekotzt.«

»Dein Kichern hörte sich aber so ähnlich an.« Ich verscheuche eine Fliege von meinem Hals. »Was ist bloß mit Stefanie los?«

»Vielleicht nimmt sie Drogen«, vermutet Nadja. »Oder sie ist verknallt. Oder beides gleichzeitig.«

»Wie meinst du das?«

»Na ja, vielleicht ist sie in eine Droge verknallt.«

»Schwachsinn!«, widerspreche ich. »Stefanie nimmt keine Drogen. Und verknallen tut sie sich auch nicht.«

»Hast du mal auf den Kalender geschaut?«, fragt Nadja. »Oder hinauf in den Himmel? Es ist Mai, Lea! Da verknallt sich jeder!«

Den restlichen Weg bis zum Lessingplatz legen wir schweigend zurück. Ich denke über Stefanie nach. Und über den Monat Mai. Und über mich. Kann es tatsächlich sein, dass Stefanie verknallt ist? Und verliebt sich im Monat Mai wirklich jeder? Wenn das stimmt, dann ist eins klar: Ich bin nicht jeder!

Bevor wir uns voneinander verabschieden, sagt Nadja: »Vielleicht hat Stefanie nur Ärger mit ihren Eltern. Hab ich auch andauernd. Es sind nämlich nicht alle Eltern so super wie deine.«

»Meine Eltern sind nicht super, sondern weg! Wie soll ich mich denn mit ihnen streiten, wenn sie nie zu Hause sind?«

»Stimmt auch mal wieder«, sagt Nadja. »Also, viel Spaß mit den Matheaufgaben!«

»Danke gleichfalls!«

»Sag mir lieber herzliches Beileid, weil ich den ganzen Nachmittag auf Arthur aufpassen muss!« Sie atmet ganz tief durch. »Was gibt es Schlimmeres als einen kleinen Bruder?«

»Einen großen Bruder!«, knurre ich. »Von mir aus tausche ich jederzeit meinen Simon gegen deinen Arthur.«

Lachend klopft mir Nadja auf die Schulter und überquert den Zebrastreifen. Ich gehe weiter geradeaus.

Mai. Der Anfang eines Liedes spukt mir im Kopf herum. *Der Mai ist gekommen, die Bäume schlagen aus.* Wo schlagen sie denn hin? Anscheinend direkt aufs Hirn. Oder zumindest mitten ins Herz. Sonst wären nicht alle verknallt. Alle außer mir. Aber in wen sollte ich mich verknallen? In Oliver, unseren Klassenclown? Der liebt nicht nur jedes Mädchen in Düsseldorf, sondern auch unsere Mathelehrerin. Und was ist mit Ulf, seinem besten Freund? Der ist so schüchtern, dass er nur einmal im Jahr mit mir redet. Nie im Leben würde der ein Mädchen küssen. Eher würde er seine Lippen mit einer Kettensäge bearbeiten.

Und die anderen Jungs in unserer Klasse sind auch nicht viel besser. Sogar die nettesten von ihnen benehmen sich manchmal so albern, als wären sie erst letzte Woche aus dem Kindergarten entlassen worden. Wahrscheinlich gehen die jeden Abend mit ihrem alten Teddy ins Bett. Da verzichte ich dankend! Ich frage mich nur, warum jeder ausgerechnet mit mir über Liebesangelegenheiten reden will. Dabei hatte ich noch keinen einzigen Freund. Der einzige Junge, mit dem ich je Händchen gehalten habe, ist mein Vater. Da war ich fünf Jahre alt und durfte nicht alleine über die Straße gehen. Ich bin wirklich der letzte Mensch, der anderen Liebestipps geben sollte. Das Problem ist nur: Ich tue es trotzdem . . .

»Na, Lea?«

Kauend schlendert unser Nachbar Herr Witting auf mich zu, einen Döner in der Hand. Offenbar hat er gerade Mittagspause. Er und seine Frau wohnen im Reihenhaus links neben uns.

»Ist das nicht ein herrlicher Tag?«, fragt er, als er bei mir ankommt.

»Nein«, entgegne ich mürrisch.

»Aber warum denn nicht?«

»Weil dieser Tag ein Maitag ist.«

»Wie bitte?« Er runzelt die Stirn. »Du hast was gegen den Mai? Kennst du nicht das großartige Gedicht von Heinrich Heine?

Im wunderschönen Monat Mai,
als alle Knospen sprangen,
da ist in meinem Herzen
die Liebe aufgegangen.«

Ich verdrehe die Augen. »Liebe!«, stöhne ich. »Mai! Diese beiden Wörter will ich heute nicht mehr hören, sonst reiße ich mir die Ohren ab.«

»Na hör mal! Bist du etwa gerade verliebt, Lea?«, will unser Nachbar allen Ernstes wissen.

»Ja.«

Er beißt in seinen Döner. »In wen denn?«

»In Sie natürlich, Herr Witting!« Ich falle vor ihm auf die Knie. »Bitte, treffen wir uns heute Nachmittag! Am Gartenzaun. Um halb fünf. Sie sind der goldene Stern über meinem grauen Leben.«

Er hört auf zu kauen und starrt mich so geschockt an, als würden gerade zehn Regenwürmer aus meinem Mund kriechen. Weil ihm offenbar die Worte fehlen, macht er sich ohne Abschied aus dem Staub.

»Halt, hier geblieben!«, rufe ich hinter ihm her. »Ich habe noch ein tolles Gedicht für Sie.

Im wunderschönen Monat Mai,
als alle Knospen sprangen,
da ist an meiner Nase
ein Pickel aufgegangen.«

2. Kapitel

Fast drei Stunden später stehe ich in der Küche von Frau Scherer und hieve die drei vollen Leinentaschen auf den Tisch.

»Lea?«, tönt ihre heisere Stimme aus dem Wohnzimmer. »Hast du Kamillentee mitgebracht?«

»Der stand nicht auf der Liste«, rufe ich zurück.

»Den hab ich vergessen aufzuschreiben.«

Frau Scherer vergisst ziemlich viel in letzter Zeit. Früher hat sie mir für jeden Einkauf zwei Euro geschenkt, doch seit ungefähr sechs Wochen habe ich keinen Cent mehr von ihr bekommen. Ich bringe es einfach nicht übers Herz, sie daran zu erinnern. Außerdem kaufe ich im Grunde nicht wegen der zwei Euro für Frau Scherer ein, sondern weil sie eine ausgesprochen nette Dame ist, die sich nur noch in Zeitlupe bewegen kann. Ohne fremde Hilfe wäre sie schon längst im Seniorenheim.

Nachdem ich die Taschen ausgepackt und alles in den Schränken und in der Tiefkühltruhe verstaut habe, gehe ich ins Wohnzimmer. Frau Scherer sitzt in ihrem dunkelblauen Bademantel auf dem Sofa, einen Atlas in der Hand. Langsam fährt ihr rechter Zeigefinger über die Seite. Dass ich einen Meter vor ihr stehe, hat sie noch gar nicht bemerkt.

»Was suchen Sie denn?«, frage ich.

Sie hebt den Kopf und mustert mich von oben bis unten.

»Henriette«, murmelt sie.

»Nein, ich heiße Lea.«

Ein schwaches Lächeln huscht über Frau Scherers Gesicht. »Ich weiß. Aber du hast mich gerade an meine Freundin Henriette erinnert. Wegen deiner Haltung. So stand sie auch immer vor mir, wenn sie mir etwas ganz Wichtiges sagen wollte.«

Wäre jetzt nicht genau die richtige Gelegenheit, die zwei Euro zu erwähnen? Ich greife in meine Hosentasche und lege ein paar Münzen und einen Schein auf den Tisch.

»Hier ist das restliche Geld, Frau Scherer.«

Sie hat sich schon wieder über den Atlas gebeugt und nicht gehört, was ich eben gesagt habe. Im Herbst wird sie fünfundachtzig. Ich möchte ihr irgendwas schenken, aber ich weiß nicht, womit ich einer so alten Frau eine Freude machen könnte.

Sie war Direktorin der Realschule, die meine Mutter besucht hat. Vor ein paar Jahren ist sie meiner Mutter zufällig im Volksgarten über den Weg gelaufen. Die beiden tauschten ihre Telefonnummern aus und haben sich seitdem regelmäßig getroffen. Damals war Frau Scherer noch rüstig genug, um jeden Tag mindestens drei Stunden lang spazieren zu gehen. Doch seit einem Jahr verlässt sie kaum noch das Haus. Deshalb gehe ich für sie einkaufen.

»Wo liegt denn bloß dieses Burma?«, fragt sie. »Das ist der alte Schulatlas von meinem Sohn. Im Laufe der Jahre scheinen einige Länder aus dem Atlas verschwunden zu sein.«

»Burma gibt es nicht mehr«, sage ich. »Das Land heißt jetzt Myanmar.«

»Myanmar?« Frau Scherer lächelt mich an. »Erdkunde ist wohl dein Lieblingsfach.«

»Eigentlich nicht. Das mit Myanmar habe ich bei einem Fernsehquiz gelernt. Warum suchen Sie ausgerechnet dieses Land?«

»Ich versuche mich an eine Reise zu erinnern«, antwortet Frau Scherer. »Von Rangun nach Mandalay. Weißt du, wie lange wir damals in den Fünfzigerjahren für diese Strecke gebraucht haben?«

Fast eine halbe Stunde lang erzählt mir Frau Scherer von der Fahrt durch Myanmar. Immer mehr Geschichten kramt sie hervor. Ich bin erstaunt, wie gut sie sich selbst an winzige Kleinigkeiten erinnern kann. Dabei hat sie keinen Schimmer, wo ihre Fernbedienung abgeblieben ist. Vorgestern lag sie noch auf dem Wohnzimmertisch.

»Ach, ich will dich nicht länger aufhalten«, unterbricht sie sich plötzlich und klappt den Atlas zu. »Du hast sicher was Besseres zu tun, als mein langweiliges Geschwätz anzuhören. Danke fürs Einkaufen, Lea!«

»Bitte sehr!«

Während sie mir die Hand schüttelt, starre ich mehr als auffällig das Geld auf dem Wohnzimmertisch an, was Frau Scherer jedoch nicht bemerkt. Schade.

Auf dem Heimweg verschwende ich keinen Gedanken mehr an das Geld. Schuld daran ist ein Junge, der lässig vor mir her den Bürgersteig entlangschlendert. Er trägt eine weite Schlabberhose und eine blaue Trainingsjacke und hat strubbelige schwarze Haare mit violetten Strähnchen. Ist das ein Leberfleck auf seinem Nacken oder ein Tattoo? Oder hat er sich einen Leberfleck auf den Nacken tätowieren lassen? Je näher ich ihm komme, desto schneller geht mein Atem. Entweder habe ich Asthma oder ich bin verknallt. Liebe auf den ersten Blick – im Monat Mai ist das doch bestimmt keine Seltenheit, oder?

Beim Überholen grinse ich den Jungen an. Er macht ein finsteres Gesicht und zischt: »Glotz nicht so blöd!«

Ich spüre, dass ich knallrot anlaufe, und beschleunige meine Schritte.

Als ich kurz darauf in meinem Zimmer vor dem Mathebuch sitze, muss ich immer noch an diesen Jungen denken. Nein, natürlich habe ich mich nicht in ihn verliebt. Glaube ich zumindest. Schließlich habe ich keinen Schimmer, wie man sich fühlt, wenn man verliebt ist. Die allseits bekannten Symptome kann ich jedenfalls nicht an mir feststellen. Im Moment habe ich keine Schmetterlinge im Bauch, sondern nur eine riesige Spinatpizza. Und mein Herzklopfen rührt sicher nur daher, dass ich kein bisschen von den Matheaufgaben kapiere.

Kurz entschlossen stehe ich auf, schnappe mir das Mathebuch und klopfe bei Simon an. Mein Bruder reagiert nicht darauf. Ich klopfe etwas lauter. Ohne Erfolg. Nachdem ich ganz tief Luft geholt habe, hämmere ich mit der Faust gegen die Tür und schreie: »Ich brauche deine Hilfe!«

Weil immer noch nichts passiert, bücke ich mich und werfe einen Blick durchs Schlüsselloch. Und was sieht mein rechtes Auge? Ein Auge von Simon!

Wutentbrannt reißt er die Tür auf. »Aha, du glotzt durch mein Schlüsselloch, du blöde Kuh!«

»Ich wollte nur sehen, ob du noch lebst.«

»Sehr witzig! Was willst du mit dem Mathebuch?«

»Es dir auf den Schädel donnern!«, schnaube ich.

»Und warum hast du bei mir geklopft?«

»Weil ich testen wollte, wie stabil deine Tür ist. Meine Güte!«, stöhne ich genervt. »Wie kann man nur so dämliche Fragen stellen? Ich komme mit den Matheaufgaben nicht klar. Kannst du sie dir mal ansehen?«

Bevor Simon darauf antworten kann, wird unsere Haustür aufgeschlossen.

»Hallo!«, ruft meine Mutter von unten aus dem Flur. »Ist jemand zu Hause?«

»Nein!«, ruft Simon zurück und schlüpft in sein Zimmer.

Ich unterziehe seine Tür einem weiteren Stabilitätstest, indem ich ihr einen kräftigen Fußtritt verpasse. Dann lege ich das Mathebuch zurück auf meinen Schreibtisch und gehe die Treppe hinunter, um meine Mutter zu begrüßen. Sie sitzt bereits am Küchentisch vor einem Jogurt. Ihre beige Jacke hängt über der Stuhllehne. Der Montag ist ihr stressigster Tag. Nach ihrem Job als Briefträgerin arbeitet meine Mutter an drei Tagen in der Woche noch als Kassiererin. Zusätzlich hilft sie Montagnachmittag an einer Tankstelle aus.

»Wie war's in der Schule, mein Schatz?«, erkundigt sie sich. »Irgendwelche Probleme?«

»Mit der Schule habe ich nur ein einziges Problem.«

»Welches denn?«

»Dass ich jeden Tag hingehen muss«, erwidere ich, wofür meine Mutter nur ein Schulterzucken übrig hat.

»Wie war's bei Frau Scherer?«, fragt sie. »Hat sie dich endlich bezahlt für die letzten Wochen?«

»Ja«, schwindle ich. »Allerdings geht es mir bei den Einkäufen überhaupt nicht ums Geld.«

»Ich weiß, Lea«, sagt meine Mutter. »Du darfst aber nicht vergessen, dass Frau Scherer eine sehr wohlhabende Frau ist. Es tut ihr nicht weh, dir ab und zu einen Euro zu überlassen.«

»Hm.«

Ich hasse es, mit meinen Eltern über Geld zu reden. Blöderweise reden sie über fast nichts anderes. Mein Vater ist Schreiner und kann seit einigen Jahren keine Überstunden mehr machen, weil sein kaputter Rücken dabei nicht mitspielt. Außerdem gibt es ohnehin manchmal wochenlang nichts für ihn zu tun. Deshalb müssen wir überall sparen. Unser alter Opel fällt bald auseinander, doch ein neues Auto können wir uns beim besten Willen nicht leisten, weil die Einbauküche und die Wohnzimmermöbel noch längst nicht abgestottert sind.

Das meiste Geld verschlingen die Raten für unser Reihenhaus, das im Grunde viel zu teuer für uns gewesen ist. Aber meine Mutter wollte es unbedingt haben. Jetzt kann sie es gar nicht genießen, weil sie dauernd unterwegs ist, um Geld für das Haus zu verdienen. Außer ihren drei Jobs hat sie ständig noch irgendwelche andere Beschäftigungen. Hunde ausführen zum Beispiel. Oder Gartenarbeiten erledigen. Unermüdlich studiert sie die Stellenangebote in den Zeitungen. Wenn Simon und ich nur halb so fleißig wären wie sie, hätten wir schon längst Abitur und würden selbst Geld verdienen.

Wir unterhalten uns noch ein wenig über Frau Scherer, bis meine Mutter auf ihre Armbanduhr schaut, sich mit einem herzhaften Gähnen vom Stuhl erhebt und ihre Jacke anzieht.

»Um halb sieben bin ich wieder da«, sagt sie und küsst mich auf die Backe. »Hast du viel auf?«

»Viel ist es nicht, aber dafür sauschwer!«

»Lass dir von Simon helfen.«

»Tolle Idee, Mutti!«, erwidere ich grimmig. »Was meinst du, was ich gerade versucht habe? Vor lauter Begeisterung hätte er am liebsten in mein Mathebuch gebissen.«

»Du musst etwas gelassener mit ihm umgehen, mein Schatz«, rät mir meine Mutter. »Dein Bruder ist gerade in einer schwierigen Phase. Denk immer dran: Er ist sechzehn.«

»Na und? Mit zwölf war er auch schon ein Vollidiot. Und mit hundertzwanzig wird er garantiert immer noch einer sein, wetten?«

Sie streicht mir über den Hinterkopf und geht.

Kaum ist meine Mutter verschwunden, wirft Simon seinen CD-Player an. Ohrenbetäubender Krach dröhnt durchs ganze Haus. Falls unsere Nachbarn keine Hip-Hop-Fans sind, werden sie bestimmt gleich bei uns antanzen und sich über den Lärm beschweren.

Tatsächlich: Nur wenige Sekunden später klingelt es an der Haustür. Hoffentlich ist es nicht Herr Witting. Was für eine schwachsinnige Idee, vor ihm auf die Knie zu fallen! Wie konnte ich nur so was Peinliches tun?

Mit einem Kloß im Hals öffne ich unsere Haustür.

»Stefanie?«

Wie ein Häufchen Elend steht meine Freundin vor mir und kaut nervös auf ihrer Unterlippe herum.

»Ist was Schlimmes passiert?«, frage ich sie.

Sie schüttelt zwar den Kopf, aber dabei knabbert sie nervös auf ihrer Unterlippe herum.

»Komm erst mal rein«, fordere ich sie auf. Doch sie schüttelt schon wieder den Kopf.

»Was ist denn los?«, bohre ich weiter. »Seit ein paar Tagen erkenne ich dich kaum noch wieder. Bist du verliebt? Hast du Krach mit deinen Eltern? Nimmst du Drogen?«

Sie nickt. Ich muss lachen.

»Na was denn nun?«, will ich wissen. »Nickst du zu Frage eins, zwei oder drei?«

Sie reckt einen Daumen in die Höhe.

»Aha, du bist verknallt«, stelle ich fest und stemme die Hände in die Hüften. »Und in wen?«

Meine Freundin zögert.

»Kenne ich ihn?«

Sie nickt wieder.

»Jetzt rück schon damit raus«, dränge ich sie ungeduldig. »Wie heißt er?«

»Simon«, haucht sie.

»Genau wie mein Bruder?«

Anstatt zu antworten, wendet sie mir hastig den Rücken zu und läuft davon.

»Hey, warte!«

Ohne sich umzudrehen, biegt Stefanie um die Ecke.

Es dauert eine halbe Ewigkeit, bis ich geschnallt habe, welchen Simon sie gemeint hat.

»Lieber Himmel!«, stöhne ich fassungslos und schließe die Tür. »Stefanie und – und – *mein Bruder!«*

In der Diele bekomme ich eine Gänsehaut bei der Vorstellung, wie Simon seine Arme um Stefanie schlingt und seine Lippen auf ihre presst.

Igitt!, denke ich angeekelt. Dieses Ferkel geht doch nur dreimal im Jahr duschen! Und ich weiß nicht mal, ob er eine Zahnbürste hat!

Mit wackligen Knien steige ich die Treppe hinauf. Von der Musik ist nichts mehr zu hören. Wahrscheinlich hat mein Bruder die Kopfhörer aufgesetzt, damit der Krach ihm auch noch den letzten Rest Hirn aus seinem Schädel pustet.

Irrtum: Simon hockt an meinem Schreibtisch und brütet über den Matheaufgaben.

»Wer war an der Tür?«, fragt er, ohne den Kopf zu heben.

»Stefanie«, antworte ich leichthin. »Was machst du da?«

»Wonach sieht es denn aus, hä?« Er öffnet einen Block und nimmt einen Kugelschreiber. »Halt mal eine Viertelstunde deine Klappe, dann bin ich fertig.«

Nur eine Viertelstunde? Ich könnte glatt eine ganze Woche lang schweigen, so sprachlos hat mich Stefanies Geständnis gemacht.

Ich lasse mich auf dem Fensterbrett nieder und wundere mich. Nicht nur über Stefanie, sondern auch über Simon. Er ist in meinem Zimmer. Er sitzt an meinem Schreibtisch. Er kümmert sich um meine Hausaufgaben. Eine Minute nach der anderen vergeht und er macht keinerlei Anstalten, mich zu beschimpfen oder zu beleidigen. Was ist mit meinem Bruder los? Ist das überhaupt mein Bruder? Oder ist irgendein außerirdisches Wesen in Simons Körper geschlüpft und hat keine Ahnung, wie sich Simon normalerweise benimmt?

»So, das war's«, verkündet er und steht auf.

»Danke«, sage ich.

Auf dem Weg zur Tür bleibt er kurz stehen und schaut mich an. So ein ernstes Gesicht macht er sonst nur, wenn er einen neuen Pickel auf seiner Stirn entdeckt hat. Was hat er bloß? Wird er mir gleich verraten, dass er sich in Stefanie verknallt hat?

Nein, er verrät mir gar nichts. Er schlurft hinaus und wirft erst meine und dann seine Zimmertür hinter sich zu. Anschließend jagt er wieder eine satte Ladung Hip-Hop durch seine armen Boxen. Und durch meine armen Ohren.

Seufzend lasse ich mich auf mein Bett fallen und schließe die Augen. Prompt werde ich müde. Beim Einschlafen will ich an Stefanie und Simon denken, aber stattdessen sehe ich das Geld auf Frau Scherers Wohnzimmertisch vor mir. Und ich höre sie über Myanmar reden, über Rangun und Mandalay und das Pegugebirge. Plötzlich verstummt sie und sinkt vom Sofa, den Atlas mit beiden Händen fest umklammernd. Regungslos bleibt sie auf dem Teppich liegen, die starren Augen auf die Zimmerdecke gerichtet. Ich müsste ihr sofort helfen, aber ich weiß nicht, wie. Außerdem kann ich nicht den Blick vom Geld auf dem Tisch abwenden. Da kommt Simon fröhlich ins Wohnzimmer spaziert, geht vor Frau Scherer in die Knie, fasst sie an den Schultern und sagt in lässigem Ton: »Ich liebe dich, Baby!« Prompt kehrt das Leben zurück in Frau Scherers alten Körper. Sie legt einen Breakdance hin, der mich fast umhaut.

»Es gibt Abendbrot, Leute!«

Verwirrt wache ich auf und schaue mich um. Ein Blick

auf den Wecker verrät mir, dass ich fast drei Stunden geschlafen habe. Zum Aufstehen habe ich trotzdem keine Lust. Ich rolle mich zusammen und schließe wieder die Augen.

»Abendbrot!«, tönt die Stimme meines Vaters durchs Haus. »Wo bleibt ihr denn?«

Widerwillig erhebe ich mich vom Bett, öffne die Tür und stoße mit Simon zusammen. Normalerweise würde er mich anschreien oder mich in den Oberschenkel boxen oder beides gleichzeitig. Aber er setzt einfach seinen Weg fort, ohne mich im Geringsten zu beachten. Mit gesenktem Kopf und hängenden Schultern, die Hände in den Hosentaschen vergraben, stapft er die Treppe hinunter.

»Alles in Ordnung?«, frage ich ihn. Aber er schaut sich nur kurz um und wirft mir einen eisigen Blick zu.

3. Kapitel

Stefanie ist wie ausgewechselt, als ich sie am nächsten Morgen zusammen mit Nadja am Lessingplatz treffe. Sie schnattert sofort drauflos und hört auf dem ganzen Weg zur Schule nicht mehr damit auf. Erst redet sie über die Hausaufgaben, dann über einen Krimi, der gestern Abend im Fernsehen gelaufen ist, und danach über ihren Vater, der vielleicht nächste Woche zum Filialleiter befördert wird.

»Jetzt halt mal die Luft an, du Quasseltante!«, regt sich Nadja auf, als die Schule in Sicht kommt. »In den letzten Tagen hast du kaum den Mund aufgemacht und plötzlich redest du uns in Grund und Boden. Was soll das?«

Stefanie zieht eine Schnute und schweigt.

»Ich kann mir denken, warum sie sich so eigenartig benimmt«, sage ich, worauf mich Stefanie mit einem verschwörerischen Blick zum Schweigen bringen will. Doch ich beachte sie überhaupt nicht und fahre fort: »Schuld daran ist dieser blöde Monat Mai!«

Nadja lacht. »Soll das etwa heißen, dass du auch verknallt bist, Stefanie?«

»Wer ist in mich verknallt?«, fragt Oliver, der zwischen uns aufgetaucht ist und sich bei Nadja und mir einhakt. »Ihr alle drei zusammen?«

»Erraten«, sage ich, worauf er gelangweilt erklärt: »Drei auf einmal schaff ich locker. Erst ab fünf wird's kompliziert. Haben wir heute eigentlich Biologie?«

Ja, haben wir. In der zweiten Stunde. Der Unterricht ist so spannend wie das Leben der Fische in Nadjas Aquarium. Herr Brückdorf spricht derart langsam, dass man am Ende seiner Sätze nicht mehr weiß, wie sie begonnen haben. Als der Pausengong ertönt, atmet die ganze Klasse erleichtert auf.

Draußen auf dem Flur und im Treppenhaus bin ich mit Stefanie alleine und frage sie ohne Umschweife: »War das gestern ernst gemeint mit Simon?«

Sie nickt.

»Wie ist das denn passiert?«

»Als ich bei euch gefrühstückt hab. Am Samstag vor einer Woche. Da war er so – so –, wie soll ich sagen?«

»Da war er wie immer!«, versichere ich ihr. »Er hat geschmatzt und gerülpst und sich die Leberwurst aufs Hemd geschmiert und sie dann abgeleckt.«

Stefanie kichert. »Ja, er war echt lustig! Aber außerdem war er auch noch – na ja – irgendwie lieb.«

»Irgendwie lieb? Simon? Mein Bruder? Lieb?«

Wir können nicht weiterreden, weil Nadja uns eingeholt hat.

»Warum beeilt ihr euch denn so?«, brummt sie unwirsch. »Habt ihr nicht die dunklen Wolken gesehen? Bestimmt fängt es gleich an, zu gießen.«

Nach wenigen Minuten beginnt es tatsächlich, zu regnen, allerdings nur ganz leicht. Trotzdem drängen sich fast alle Schüler unter dem Vordach der Turnhalle zusammen. Nadja, Stefanie und ich spazieren lieber kreuz und quer über den Schulhof und sehen Oliver dabei zu, wie er ein Mädchen aus der Elften verfolgt. Er quatscht sie immer wieder an, aber sie zeigt ihm immer wieder die kalte Schulter. Dass er sich dennoch nicht von ihr abwimmeln lässt, finden wir nicht nur lustig, sondern auch ganz schön mutig.

»Oliver hat überhaupt keine Angst, sich lächerlich zu machen«, meint Nadja. »Was will er bloß von dem Mädel? Bei der hat er doch gar keine Chance!«

Als es gongt, mache ich mich schnell auf den Weg zur

Toilette. Gleich ist Mathe und Frau Johannsen kann Schüler nicht ausstehen, die zu spät aus der Pause kommen.

Ich reiße die Tür zum Mädchenklo auf und stürme hinein – und bleibe vor Überraschung wie angewurzelt stehen. Ein Junge! Vor dem Spiegel am Waschbecken! Er starrt so fasziniert sein eigenes Gesicht an, dass er mich gar nicht wahrnimmt.

»Habe ich – bin ich in – in der – äh – in der falschen Toilette?«, stammle ich.

»Nein«, antwortet der Junge, ohne mich eines Blickes zu würdigen. »Ich bin hier falsch. Oder sehe ich etwa aus wie ein Mädchen?«

»Ja.«

Das stimmt wirklich. Er hat schulterlange braune Haare und ganz feine Gesichtszüge. Und er wirkt fast so schmal wie Stefanie, die das dünnste Mädchen in unserer Klasse ist. Auf dem Schulhof ist er mir schon öfter aufgefallen, nicht nur wegen den Haaren, sondern weil er seinen Rücken immer so gerade hält, als hätte er einen Besenstiel verschluckt. Außerdem ist er leichenblass.

»Komm mal her!«, fordert er mich auf. »Ich muss dir unbedingt was zeigen.«

»Bitte nicht!«, erwidere ich. »Ich glaube dir auch so, dass du ein Junge bist.«

Er dreht sich zwar zu mir um, verzieht aber keine Miene über meinen Witz. Stattdessen richtet er seinen rechten Zeigefinger auf seine Nase und fragt: »Ist das hier ein Pickel oder nicht?«

Zögernd nähere ich mich ihm, bis meine Augen so nah vor seinem Gesicht sind, dass ich die Härchen seiner Augenbrauen zählen kann. Von einem Pickel ist jedoch weit und breit nichts zu sehen, weder auf seiner Nase noch sonst wo auf seinem Gesicht.

»Ich kann keinen Pickel entdecken«, sage ich, woraufhin er ziemlich enttäuscht aussieht.

»Meine Haut ist ein Mysterium für mich«, erklärt er kopfschüttelnd. »Sie will einfach nicht mit mir älter werden. Jetzt bin ich schon sechzehn, aber meine Haut ist immer noch sechs. Meine Gene scheinen mein Gesicht zur aknefreien Zone erklärt zu haben. Merkwürdig. Interessiert du dich für Genforschung?«

»Nicht besonders.«

»Hast du Pickel?«

»Siehst du welche?«, frage ich zurück.

»Ich hab meine Kontaktlinsen nicht drin«, gesteht er. »Darum hab ich mich auch im Klo geirrt. Ehrlich gesagt, kann ich dich kaum erkennen. Hoffentlich finde ich überhaupt mein Klassenzimmer wieder!«

»Oh nein, die Mathestunde!«, rufe ich entsetzt, stürze raus in den Flur und rase die Treppen hinauf. Unterwegs fällt mir ein, dass ich gar nicht auf der Toilette war. Egal! Ich bin sowieso schon zu spät dran.

Frau Johannsen begrüßt mich mit einem ironischen Grinsen und der Frage »War der Gong zu leise für dich, Lea? Ich kenne einen sehr guten Ohrenarzt.«

»Ich auch«, mischt sich der vorlaute Oliver ein. »Der hat meinem Opa ein Hörgerät mit eingebautem MP3-Player verkauft. Seitdem tanzt mein Opa von morgens bis abends durchs Altersheim.«

Olivers Freunde lachen. Frau Johannsen nicht.

»Warum musst du immer deinen Senf dazugeben?«, knurrt sie Oliver an.

»Um Ihnen zu zeigen, was für ein irrsinnig witziger Typ ich bin«, antwortet er. »Dann wollen Sie sich vielleicht endlich mal mit mir verabreden und über meine Liebe zu Ihnen reden.«

Jetzt kichert die ganze Klasse. Sogar Frau Johannsen muss schmunzeln.

»Du bist unmöglich, Oliver! So, und nun erzähl mir mal was über den Dreisatz.«

»Sorry, davon verstehe ich nichts«, gibt Oliver zu. »Ich kenne keinen Dreisatz, sondern nur einen Satz: Ich liebe Sie, Frau Johannsen! Wollen Sie mir nicht Nachhilfeunterricht geben? Sagen Sie Ja. Dann stehe ich heute Nachmittag um drei mit einem Satz vor Ihrer Tür.«

Unsere Lehrerin macht ein strenges Gesicht. »Schluss mit dem Unfug! Wenn die nächste Mathearbeit keine Katastrophe werden soll, müssen wir uns jetzt wieder um den Stoff kümmern.«

»Stoff?«, kreischt Oliver mit leuchtenden Augen. »Her damit! Wie viele Gramm haben Sie denn dabei?«

Ein paar Minuten später hat Frau Johannsen unseren Komiker zum Schweigen gebracht und kann den Unterricht fortsetzen. Ohne mich allerdings. Weil ich dauernd an meine Begegnung mit dem bleichen Knaben mit den langen Haaren denken muss, kann ich mich kein bisschen auf die Zahlen an der Tafel konzentrieren.

Meine Haut ist ein Mysterium für mich.

Nicht mal mein Bruder würde so einen schwachsinnigen Satz vom Stapel lassen. Unglaublich, dass dieser Dummschwätzer genauso alt ist wie Simon! Er kam mir viel älter vor. Und gleichzeitig auch viel jünger.

»Danke!«, haucht mir Stefanie plötzlich ins Ohr.

Ich sehe sie fragend an.

»Danke, dass du Nadja nichts verraten hast«, flüstert sie. »Von der Sache mit Simon.«

Dieses Thema ist natürlich auch in der zweiten großen Pause tabu. Während wir unsere Runden auf dem Schulhof drehen, halte ich Ausschau nach dem Jungen aus dem

Mädchenklo. Schließlich erspähe ich ihn bei den Sträuchern neben den Fahrradständern. Er pflückt drei Blätter ab, steckt sie sich in den Mund und kaut mit angewiderter Miene darauf herum. Dann spuckt er das Zeug in seine rechte Hand, kramt mit der linken eine kleine Plastiktüte aus der Jackentasche und lässt die zerkauten Blätter darin verschwinden.

Ich stoße meine Freundinnen in die Seite. »Habt ihr das gesehen?«

»Wovon redest du?«, fragt Nadja.

Ich schildere ihnen, was ich soeben beobachtet habe. Stefanie schüttelt sich.

»Das ist ja widerlich! Der Typ muss komplett verrückt sein.«

»Nicht unbedingt«, widerspreche ich meiner Freundin. »Vielleicht hat er die Blätter mit irgendwas Essbarem verwechselt. Er ist nämlich halb blind, weil er seine Kontaktlinsen vergessen hat.«

Nadja und Stefanie durchbohren mich mit erstaunten Blicken.

»Woher weißt du das, Lea?«, erkundigt sich Stefanie.

»Das hat er mir selbst erzählt«, antworte ich. »Vorhin auf dem Mädchenklo.«

»Wie war das?« Nadja traut ihren Ohren nicht. »Was hat dieser Blödmann da zu suchen?«

»Er heißt übrigens Malte«, sagt Stefanie. »Letzte Woche war er ganz groß in der Zeitung, weil er einen Preis bei *Jugend forscht* gewonnen hat.«

»Wonach hat er denn geforscht?«, fragt Nadja. »Nach pinkelnden Mädchen?«

Stefanie lacht.

»Malte«, murmle ich. »Klingt ziemlich seltsam.«

In den letzten beiden Stunden spukt mir dieser Name

ununterbrochen im Kopf herum. Immer wieder sehe ich den langhaarigen Jungen vor mir, wie er sich die Blätter in den Mund steckt und darauf herumkaut. Gehört das etwa zu seinem neuen *Jugend forscht*-Projekt? Will er testen, wie viel Grünzeug er essen muss, um endlich Pickel zu kriegen?

Nach dem Schlussgong verabschiede ich mich schnell von meinen beiden Freundinnen und rase die Stufen hinab. Nadja und Stefanie dürfen mich auf keinen Fall dabei erwischen, wie ich ein paar Blätter von den Sträuchern neben den Fahrradständern rupfe.

Auf dem Heimweg mache ich mehrmals Anstalten, sie mir in den Mund zu stopfen, doch ich schaffe es einfach nicht. Nach dem dritten Versuch bekomme ich einen schrecklichen Lachanfall und werfe die Blätter weg.

Hab ich denn völlig den Verstand verloren? Dieser Malte hat mich dermaßen durcheinander gebracht, als wäre ich in ihn verknallt. Dabei ist mir der Kerl völlig egal! Mit so einem Spinner will ich nichts zu tun haben. Am besten verschwende ich ab sofort keinen einzigen Gedanken mehr an ihn. Stattdessen sollte ich lieber überlegen, wie ich Frau Scherer dazu bringen könnte, mich wieder für meine Einkäufe zu bezahlen.

Doch als ich die Haustür hinter mir geschlossen habe, die Treppe hinaufgehe und mir Simon entgegenkommt, lautet meine erste Frage: »Hast du schon mal Blätter gekaut?«

Er bleibt stehen und sieht mich so verstört an, als würde ich eine seiner Unterhosen als Mütze auf dem Kopf tragen.

»Ich meine Blätter von Sträuchern«, füge ich hinzu.

»Sag mal, bist du noch ganz dicht, Lea?«

»Gute Frage«, seufze ich.

4. Kapitel

Bei den Hausaufgaben, beim Abendbrot, vor dem Fernseher und beim Zähneputzen – obwohl ich nicht an ihn denken will, geht mir Malte nicht mehr aus dem Kopf.

Besonders schlimm wird es, als ich mich ins Bett gelegt und meine Nachttischlampe ausgeknipst habe. Sein bleiches Gesicht mit der zarten Haut sehe ich so dicht vor mir, dass ich nur die Lippen spitzen müsste, wenn ich ihn küssen wollte. Aber das will ich überhaupt nicht! Ich will gar nichts von ihm. Er geht mir nur deshalb nicht mehr aus dem Sinn, weil Nadja in Igor und Stefanie in Simon verknallt ist und es außer Malte keinen anderen Jungen gibt, mit dem sich meine Phantasie beschäftigen könnte. Mit Liebe hat das garantiert überhaupt nichts zu tun. Liebe muss sich ganz anders anfühlen. Irgendwie aufregender. Spannender. Romantischer. Mit Bauchschmerzen und Gänsehaut.

Ich zucke erschrocken zusammen, als jemand an meine Tür klopft.

»Was ist denn?«

Meine Eltern kommen herein. Beide zusammen. Das ist schon ewig nicht mehr vorgekommen. Fieberhaft überlege ich, was ich angestellt haben könnte. Mein Vater hat inzwischen auf den Lichtschalter gedrückt. Blinzelnd setze ich mich auf und schaue von ihm zu meiner Mutter und wieder zurück.

Was wollen die beiden von mir? Ich hab nichts geklaut. Ich bin nicht schwanger. Ich habe nicht geraucht und keinen Alkohol getrunken. Ich habe gestern nach dem Baden die Wanne geschrubbt. Ich habe jeden zweiten Nachmittag den Müll rausgetragen. Wieso starren mich meine Eltern so betrübt an, als hätte ich gerade unseren Opel angezündet?

»Ich bin unschuldig!«, verkünde ich und muss dann gähnen. »Was wollt ihr von mir?«

»Es geht um deinen Bruder«, fängt meine Mutter an. Sie hat sich auf den Rand meines Schreibtischs gehockt, während mein Vater mit verschränkten Armen am Fensterbrett lehnt. »Wir möchten gern wissen, was mit ihm los ist.«

»Seit ein paar Tagen ist er wie ausgewechselt«, sagt mein Vater. »Er isst kaum noch was und kriegt den Mund nicht mehr auf. Weißt du irgendwas über ihn, was wir auch wissen sollten?«

»Ich?« Verdattert runzle ich die Stirn. »Warum sollte ich etwas über ihn wissen? Ich bin seine Schwester! Habt ihr das vergessen?«

»Jetzt ist nicht die richtige Gelegenheit für dumme Sprüche, Lea«, weist mich meine Mutter zurecht. »Könnte Simon ein Problem haben, mit dem er nicht alleine klarkommt?«

Ich zucke die Schultern. »Vielleicht ist er verliebt.«

»Verliebt?«, wiederholt mein Vater. »Simon? Der hat sich doch noch nie verliebt.«

»Und warum sollte er wegen eines Mädchens so niedergeschlagen sein?«, hakt meine Mutter nach.

Ich muss grinsen. »Wisst ihr überhaupt, was Liebe ist?«, frage ich meine Eltern, worauf die beiden einen ernsten Blick wechseln. »Die kann einen mehr durcheinander bringen als jedes andere Problem.«

»Woher willst du das wissen?«, erkundigt sich mein Vater.

»Das weiß jeder«, entgegne ich. »Nein, ich bin nicht verliebt!«, erkläre ich schnell, um der nächsten Frage meiner

Eltern zuvorzukommen. »Wieso quatscht ihr eigentlich mit mir über Simon? Geht nach nebenan und redet doch mit ihm selbst!«

»Das sagst du so leicht«, erwidert mein Vater.

Nachdem die beiden einen weiteren Blick gewechselt haben, entschließen sie sich zum Rückzug. Meine Mutter gibt mir einen Kuss auf die Backe, wünscht mir eine gute Nacht und folgt meinem Vater aus dem Zimmer.

»Licht aus!«, rufe ich.

Mein Vater kommt zurück und drückt auf den Schalter. Danach haut er aber nicht sofort wieder ab, sondern fragt: »Kannst du mir zwanzig Euro leihen? Ich muss morgen tanken und will nicht mit der Karte zahlen. Das Konto ist schon weit genug überzogen.«

»Tut mir Leid. Ich hab keinen Cent.«

»Deine Mutter hat mir erzählt, dass du endlich das Geld von Frau Scherer bekommen hast. Wo ist das denn hin?«

»Weg«, lüge ich. »Ich hab mir ein paar Süßigkeiten gekauft. Und ich war im Kino.«

»Hm«, macht er. »Im Kino.«

Ich gähne übertrieben laut. »Gute Nacht, Vati!«

Wortlos schließt er die Tür. Ein Glück, dass es bei unserem Gespräch dunkel im Zimmer war. Sonst hätte er mein knallrotes Gesicht gesehen und gemerkt, dass ich schwindle.

Mit schlechtem Gewissen schlafe ich ein. Mit schlechtem Gewissen wache ich auf. Soll ich auf das Frühstück verzichten? Ich habe zwar Lust auf mein Müsli, aber nicht auf die Blicke meiner Eltern.

Doch als ich eine Viertelstunde später aus dem Badezimmer in die Küche komme, sitzt dort nur Simon. Ich erfahre von ihm, dass mein Vater schon weg ist. Weil der Tank fast leer ist, musste er den Wagen stehen lassen und mit dem

Fahrrad zur Baustelle radeln. Meine Mutter ist von einer Kollegin abgeholt worden.

Nachdem er mir diese Neuigkeiten mitgeteilt hat, versinkt mein Bruder in Schweigen. Ich löffle mein Müsli und beobachte ihn dabei, wie er seine Pausenbrote schmiert. Seinen Bewegungen fehlt jeglicher Schwung. Total schlapp hängt er auf seinem Stuhl herum. Normalerweise ist er so zapplig, dass er keine Sekunde stillsitzen kann. Meine Eltern haben Recht: Mit Simon stimmt etwas nicht.

»Gestern Abend hatte ich Besuch«, verrate ich ihm. »Von zwei Leuten, die sich Sorgen um dich machen.«

Er hebt den Blick von seinem Leberwurstbrot und sieht mich an.

»Ich meine deinen Vater und deine Mutter. Sie wollten von mir wissen, was mit dir los ist. Ausgerechnet von mir! Findest du das nicht komisch, Simon?«

Nein, anscheinend nicht. Jedenfalls ist ihm nichts davon anzusehen. Seine Miene ist total versteinert.

»Ich habe ihnen gesagt, dass du verknallt bist«, fahre ich fort. »In deinen Englischlehrer. Stimmt doch, oder?«

Noch vor einer Woche hätte ich mir mit so einer Bemerkung einen blauen Fleck auf dem Oberschenkel eingehandelt. Aber Simons Reaktion ist gleich null. Er wendet sich wieder seinem Brot zu, schneidet es durch und klappt es zusammen. Dann schmiert er sich ein Käsebrot, ohne sich weiter um mich zu kümmern. Anschließend packt er die Brote in seine grüne Plastikbox, rutscht vom Stuhl und verlässt die Küche.

Fünf Minuten später kommt er fertig angezogen und mit der Schultasche in der Hand die Treppe herunter und geht zur Haustür. Warum höre ich sie nicht ins Schloss fallen? Ich will aufstehen und nachsehen, ob er die Tür vielleicht offen gelassen hat. Doch in diesem Moment taucht Simon in der Küche auf. Er holt sich eine Dose Cola aus dem Kühlschrank, macht sie auf und trinkt einen Schluck.

»Ich hab Scheiße gebaut!«, sagt er, ohne mich dabei anzusehen. »Letzten Mittwoch. Kennst du die Straßenbahnhaltestelle an der Nordstraße? Schräg gegenüber ist eine Sparkasse.«

Ich nicke.

»An der Haltestelle standen zwei Mädchen. Die glotzten einen Jungen an, der gerade Geld vom Automaten abgehoben hatte. 140 Euro. Er hielt die Scheine in die Luft und zählte sie. Total angeberisch! Ich kam gerade um die Ecke und – und –«

Er stockt.

»Was ist passiert?«

»Na was wohl? Ich habe ihm das Geld abgenommen. Der Vollidiot hat sich natürlich gewehrt. Da musste ich zuschlagen. Aber ich hab ihn gar nicht richtig getroffen.«

»Du – du hast ihm das Geld geklaut?«

Simon trinkt einen Schluck aus der Coladose. Seine rechte Hand zittert.

»Ja, ich weiß, das war vollkommen idiotisch! Und irgendwie ging es mir gar nicht um das Geld, sondern um die Mädels. Du hättest sehen müssen, wie sie diesen Lackaffen angegafft haben! Und das nur, weil er mit ein paar Scheinen herumwedelte! Am liebsten hätte ich ihn erwürgt.«

»Und jetzt?«, frage ich, weil ich keinen Schimmer habe, was ich sonst dazu sagen soll.

»Jetzt traue ich mich kaum noch auf die Straße, weil der Typ mich angezeigt hat.«

»Woher weißt du das?«

Er greift in die linke Brusttasche seiner Jacke, holt etwas heraus und drückt es mir in die Hand. Es ist ein kurzer Zeitungsartikel. Darin heißt es, dass ein gewisser Felix Ö. (15)

am helllichten Tage und auf offener Straße das Opfer eines brutalen Raubes geworden ist. Die Täterbeschreibung passt zum Glück nicht nur auf meinen Bruder, sondern auf so ziemlich jeden dritten Jugendlichen in Düsseldorf: braune Haare, blaue Jeans, schwarzer Anorak, schwarz-weiße Sportschuhe.

»Sollte ich diesem Felix oder einem der beiden Mädchen zufällig über den Weg laufen, bin ich geliefert«, meint Simon, als ich ihm den Zeitungsausschnitt zurückgebe.

»Was hast du mit dem Geld gemacht?«

»Gar nichts«, behauptet er. »Ich hab's versteckt. Wenn unsere Eltern das finden, wollen die gar nicht hören, wo es herkommt, wetten? Die bezahlen einfach irgendwelche Schulden damit ab und verlieren nie mehr ein Wort darüber.«

»Glaubst du wirklich?«

Niedergeschlagen schüttelt er den Kopf. »Natürlich nicht. Die würden mir die Hölle heiß machen.«

»Red doch mal mit ihnen!«

»Red doch mal mit ihnen!«, äfft er mich nach. »Toller Vorschlag! Was anderes fällt dir nicht ein, um mir zu helfen?«

Ich denke kurz nach und sage dann die Wahrheit: »Nein.«

»Vielen Dank!«, schnaubt er, rauscht hinaus und knallt mit voller Wucht die Haustür hinter sich zu.

Ich greife nach meiner Kakaotasse und will einen Schluck trinken. Sie ist leer. Lächelnd stelle ich die Tasse wieder hin.

Ich freue mich. Ja, ich freue mich wirklich! Natürlich nicht darüber, dass Simon dem Angeber das Geld geklaut hat. Das hätte er niemals tun dürfen. Aber ich freue mich wahnsinnig darüber, dass Simon es mir erzählt hat. Mir! Seiner Schwester! Seiner kleinen Schwester – die sich plötzlich gar nicht mehr so klein fühlt . . .

5. Kapitel

Auf dem Weg zur Schule und in den ersten beiden Stunden zerbreche ich mir unentwegt den Kopf darüber, wie ich Simon helfen könnte. Vom Deutschunterricht bekomme ich deshalb kaum was mit.

In der ersten großen Pause kann ich jedoch nicht mehr über die Sache mit den 140 Euro nachdenken. Schuld daran ist Nadja. Sie will unbedingt von Stefanie und mir wissen, wie sie sich an Igor heranmachen soll.

»Erzähl uns erst mal, wer dieser Igor überhaupt sein soll«, fordert Stefanie sie auf. »Und fang bloß nicht wieder an so blöd zu kichern wie vorgestern, als Lea dich nach ihm gefragt hat.«

Und schon fängt Nadja an zu kichern, worauf Stefanie genervt die Augen verdreht und davonmarschiert. Mit verblüffter Miene verstummt Nadja und fragt mich: »Kapierst du das? Warum stellt sich Stefanie immer so dämlich an, wenn ich wegen Igor lachen muss?«

»Vielleicht ist die Liebe für sie eine todernste Angelegenheit«, vermute ich.

»Hä? Soll das heißen, dass Stefanie auch verknallt ist?«

»Kann doch sein. Hast du nicht selbst gesagt, dass im Monat Mai jeder verliebt ist?«

»In Igor hab ich mich schon im April verknallt«, gesteht sie und tänzelt dabei nervös auf der Stelle. »Ich wollte euch nichts davon verraten, weil – weil –« Sie breitet hilflos die Arme aus. »Na ja, ehrlich gesagt weiß ich selbst nicht genau, warum. Verstehst du das, Lea?«

»Ja.«

Schließlich verrate ich ihr auch nicht, dass ich gerade

Malte dabei beobachte, wie er sich mit langsamen Schritten den Sträuchern neben den Fahrradständern nähert. Ob er mal wieder sein Pausenbrot vergessen hat und deshalb ein paar Blätter naschen möchte? Nein, diesmal riecht er nur an ihnen.

»Noch weniger weiß ich allerdings, warum ich euch Igor nicht länger verschweigen kann«, fährt Nadja fort. »Ich muss unbedingt mit jemandem über ihn reden.«

»Dann fang endlich damit an.«

»Also, er wohnt genau gegenüber von uns«, legt sie los. »Auch im vierten Stock. Ich kann in sein Zimmer schauen, wenn sein Fenster offen ist. Und das ist eigentlich immer offen. Er verbringt fast jeden Nachmittag auf seinem Fensterbrett, hört laute Musik und raucht.«

»Ist er denn schon 16?«

»Keine Ahnung«, antwortet Nadja. »Auf der Straße habe ich ihn komischerweise noch nie gesehen. Ich weiß auch nicht, auf welche Schule er geht oder was er sonst so macht. Freunde hat er anscheinend nicht. Jedenfalls bekommt er nie Besuch.«

Nadja redet weiter, aber ich höre ihr nicht mehr zu. In dieser Sekunde hat Malte nämlich damit begonnen, Blätter von den Sträuchern zu rupfen. Ob er sie sich gleich in den Mund stopfen wird? Ich würde gerne zu ihm gehen und ihn fragen, was dieser Blödsinn soll.

»Soll ich oder soll ich nicht?« Nadja zupft mich am Ärmel.

»Äh – was?«

»Du hörst mir ja gar nicht zu, Lea!«, regt sich meine Freundin auf. »Ich hab dich gefragt, ob ich Igor mal anlächeln soll.«

»Warum nicht?«

»Weil danach was Furchtbares passieren könnte.«

»Was denn?«, frage ich.

»Er könnte nicht zurücklächeln. Und dann wüsste ich, dass ich ihm völlig egal bin.«

»Und wenn er zurücklächelt?«

»Das wäre ja noch schlimmer!«, behauptet Nadja. »Dann wüsste ich, dass ich ihm nicht völlig egal bin. Dann würde ich mich wahrscheinlich nie mehr an mein Fenster trauen. Ist das blöd!«

»Was?«

»Alles! Wieso wohnt dieser Spinner nicht drei Straßen weiter? Dann hätte ich meine Ruhe!«

Während Nadja nicht aufhört zu jammern, holt Malte eine kleine Plastiktüte aus der Tasche und lässt die Blätter darin verschwinden. Dann geht er zur Turnhalle. Als er an uns vorbeikommt, dreht er den Kopf in meine Richtung. Ich lächle ihm zu. Er verzieht keine Miene.

»Das findest du lustig?«, regt sich Nadja auf. »Verstehst du denn nicht, dass ich wegen diesem bescheuerten Igor keine ruhige Minute mehr habe?«

»Ich habe nicht wegen deinem Igor gelächelt«, erkläre ich. »Woher weißt du überhaupt, wie er heißt?«

»Weil er öfter ein T-Shirt mit diesem Namen trägt«, antwortet Nadja. »Würdest du eigentlich am offenen Fenster rumsitzen, wenn es in Strömen regnet?«

Ehe ich etwas darauf erwidern kann, erscheint Stefanie wieder auf der Bildfläche und fragt, ob sie irgendwas verpasst hat. Ich rechne damit, dass Nadja sie mit einer spöttischen Bemerkung abblitzen lässt. Aber nein – ohne Zögern fängt Nadja zum zweiten Mal mit der Geschichte über Igor an.

Ich nutze die Gelegenheit zu einem Abstecher auf die Toilette. Mein Herz klopft wie verrückt. Wieso? Wenn ich tatsächlich in Malte verknallt wäre, hätte ich ihn eben garantiert nicht angelächelt, sondern hätte mir wie Nadja verzweifelt Gedanken darüber gemacht, wie mein Lächeln wohl bei ihm ankommen würde. Warum sollte ich mich in einen Jungen verlieben, der Blätter mit Kaugummis verwechselt? Dieser Malte ist mir völlig egal, jawohl!

Und warum habe ich feuchte Hände, als ich vor der Tür stehe und nach der Klinke greife? Und warum bin ich enttäuscht, dass von Malte nichts zu sehen ist, als ich in die Toilette komme?

»Ist dir schlecht, Lea?«, fragt Ulrike, die sich gerade die Hände abtrocknet. »Du bist ja ganz blass.«

Ich gehe zum Waschbecken und werfe einen Blick in den Spiegel. Ulrike, die im Kunstunterricht neben mir sitzt, stößt einen Seufzer aus.

»Ich hätte auch gern grüne Augen«, sagt sie. »Du siehst aus wie unsere Katze. Wieso färbst du deine Haare nicht blond? Das würde echt gut zu dir passen.«

»Meinst du?«

Sie nickt. »Braun ist langweilig. Jeder hat braune Haare. Und braune Augen. Die Natur ist ziemlich einfallslos, findest du nicht? Die besten Farben hat sie einfach ausgelassen. Warum gibt es keine blauen Haare und gelbe Augen?«

»Kennst du Malte?«

Kaum habe ich seinen Namen ausgesprochen, beiße ich mir auf die Zunge.

»Welchen Malte?«

»So ein schmaler Typ mit langen Haaren. Letzte Woche stand er in der Zeitung.«

»Wieso?«, fragt Ulrike. »Hat er was angestellt?«

Ich denke an meinen Bruder und winke ab. »Ach, vergiss es!«

Nachdem ich meinem Spiegelbild einen gereizten Blick zugeworfen habe, gehe ich zur Tür.

»Wolltest du nicht aufs Klo?«, ruft Ulrike hinter mir her.

»Eigentlich nicht.«

In den nächsten beiden Stunden beteilige ich mich so rege am Unterricht, dass meine Finger ständig in der Luft sind. Dadurch verhindere ich weiteres Grübeln über Malte. Ich habe auch keine Lust mehr, über Simon nachzudenken. Mir fällt sowieso nichts ein, womit ich ihm aus der Patsche helfen könnte.

Kurz vor der Pause beobachte ich Oliver dabei, wie er einen Zettel zusammenfaltet und ihn in Esras Anorak steckt. Wetten, dass er ihr einen Liebesbrief geschrieben hat? Oliver ist unmöglich! Warum sollte Esra auf sein Gesülze reinfallen? Sie weiß doch ganz genau, dass Oliver alle zehn Minuten in ein anderes Mädchen verknallt ist.

Doch in der nächsten Pause beobachte ich Esra auf dem Schulhof dabei, wie sie den Zettel aus der Tasche zieht, ihn neugierig auseinander faltet und liest. Ein seliges Lächeln erscheint auf ihrem Gesicht. Ihre Freundin Jasmin will den Brief ebenfalls lesen, doch Esra knüllt ihn schnell zusammen und lässt ihn wieder in ihrer Tasche verschwinden. Jasmin ist eingeschnappt und stapft davon.

Sofort ist Oliver zur Stelle. Mit ein paar witzigen Sprüchen bringt er Esra zum Lachen. Und kurz darauf spazieren die beiden Arm in Arm über den Schulhof. Ist Oliver etwa allen Ernstes in Esra verliebt?

Anscheinend nicht. Denn die folgende Mathestunde verbringt er mal wieder damit, Frau Johannsen anzuschmachten. Er macht ihr sogar ein Kompliment über ihr neues Kostüm. Frau Johannsen freut sich darüber. Esra nicht. Sie durchbohrt Oliver mit wütenden Blicken, was unser Klassenclown jedoch nicht zu bemerken scheint. Nach dem Schlussgong will er nämlich von Esra wissen, wo sie sich heute Nachmittag treffen sollen. Wortlos rauscht Esra aus dem Klassenzimmer. Oliver schaut ihr kopfschüttelnd hinterher. Dann wendet er sich mir zu.

»Hast du heute Nachmittag schon was vor, Lea?«

»Ja«, antworte ich.

»Was denn?«

»Mir die Fußnägel schneiden. Tschüss!«

Stefanie und Nadja warten sicher schon unten vor dem Eingang auf mich. Im Treppenhaus überhole ich Malte, der in Zeitlupe die Stufen hinabschlurft. Um mir selbst zu beweisen, dass ich nicht in ihn verknallt bin, stoße ich ihn in die Seite und sage: »Na?«

Er schaut mich überrascht an. »Wer bist du?«

»Wir kennen uns.«

»Bist du sicher?«

»Blödmann!«, zische ich und setze meinen Weg im Eiltempo fort.

»Warum hast du es denn so eilig?«, will Nadja wissen, als ich an ihr und Stefanie vorbeihetze. »Warte, Lea!«

Erst hundert Meter weiter haben mich die beiden eingeholt. Ihre Fragen gehen mir auf die Nerven. Als wir an einer Haltestelle vorbeikommen, steige ich kurzerhand in die Straßenbahn, die dort gerade steht.

»Wo fährst du hin?«, ruft Stefanie.

Hinter mir schließt sich die Tür. Ich setze mich auf einen freien Platz und schaue hinaus. Stefanie bedeutet mir mit einer Geste, dass sie mich nachher anrufen wird. Das hat sie gestern auch getan. Anderthalb Stunden lang. Natürlich ging es nur um Simon. Eigentlich kann ich heilfroh sein, dass sie nicht meine einzige Freundin ist. Wenn Nadja nicht ständig in der Nähe wäre, würde Stefanie mit mir über nichts anderes als meinen Bruder reden.

Plötzlich fällt mir ein, dass die Bahn gleich an der Haltestelle stoppen wird, an der mein Bruder diesem Felix Ö.

die 140 Euro geklaut hat. Kurzerhand beschließe ich den Tatort in Augenschein zu nehmen. Jetzt, wo dieser Malte für mich gestorben ist, kann ich mich wieder darauf konzentrieren, meinem Bruder zu helfen.

Wie gemein von ihm mich nicht wieder zu erkennen! Habe ich denn gar nichts, was mich von den anderen vierhundert Mädchen auf unserer Schule unterscheidet? Was ist mit meinen grünen Augen? Und dem Leberfleck auf meiner linken Wange? Ja, okay, meine Haare sind nichts Besonderes: halblang und braun. Der Rest meines Gesichts ist auch ziemlich normal. Meine Lippen sind nicht zu schmal und meine Nase nicht allzu groß. Kann es sein, dass Malte mich gestern auf dem Klo gar nicht richtig wahrgenommen hat?

Ja, natürlich kann das sein!

Erst jetzt fällt mir wieder ein, dass er ja seine Kontaktlinsen nicht drin hatte, als er mir vor dem Waschbecken gegenüberstand. Er konnte mich nur schemenhaft erkennen. Kein Wunder, dass er eben stutzte, als ich ihn im Treppenhaus angequatscht habe! Im Grunde hat Malte mich noch nie gesehen. Nicht richtig jedenfalls.

Erleichtert atme ich ganz tief durch – um mich eine Sekunde später entsetzt zu fragen: Bin ich tatsächlich in ihn verknallt?

Ich muss lachen. Und zwar wegen Stefanie und Nadja. Wie idiotisch von den beiden, sich mit mir über Liebe zu unterhalten. Davon verstehe ich noch weniger als von Mathematik. Ausgerechnet ich soll Nadja irgendwelche Ratschläge geben, wie sie am besten an diesen Igor rankommen könnte? Und ausgerechnet ich soll dafür sorgen, dass Simon und Stefanie ein Paar werden? Ich hab doch keinen Schimmer, wie so was funktioniert!

Die Bahn hält und ich steige aus. Aha, hier ist es also passiert. Der Geldautomat befindet sich nur etwa zehn Meter entfernt vom Wartehäuschen. Die beiden Mädchen, die den Raub beobachtet haben, müssen Simon also ganz genau gesehen haben. Warum konnten sie ihn dann nicht besser beschreiben? Und was war mit dem Opfer? Dieser Felix Ö. hat meinem Bruder doch Auge in Auge gegenübergestanden.

Ö . . . Welche Nachnamen beginnen mit Ö?

Plötzlich weiß ich, wie ich meinem Bruder helfen könnte.

Und auf dem Weg nach Hause fällt mir ein, dass mir auch jemand helfen könnte!

6. Kapitel

hi, oliver!
du kennst mich nicht. und ich dich eigentlich auch nicht. zumindest nicht persönlich. aber eine freundin von mir, die in deiner klasse ist, hat mir schon sehr viel von dir erzählt. das meiste davon kann ich kaum glauben. meine freundin behauptet, dass kein junge in düsseldorf mehr ahnung von mädchen hat als du. ist da was wahres dran?
aber ich maile dir nicht, weil ich etwas über mädchen wissen möchte. mit denen kenne ich mich ganz gut aus – was vermutlich daran liegt, dass ich selbst eins bin. über jungs weiß ich auch ziemlich viel, weil ich einen älteren bruder habe. eigentlich schreibe ich dir bloß deshalb, weil du (laut meiner freundin) ein echter meister im anbaggern sein sollst. stimmt es, dass du dich fast jeden nachmittag mit einem anderen mädchen triffst?
okay, kommen wir zur sache:
auf meiner schule gibt es einen jungen, der mich etwas mehr interessiert als die anderen jungs, die ich kenne. nein, ich bin nicht in ihn verknallt! das heißt – vielleicht doch. genau das muss ich unbedingt herauskriegen. und zwar so schnell wie möglich. deshalb möchte ich mich gern

mit dem jungen treffen. außerhalb der schule. aber wie soll ich mich mit ihm verabreden? kann ich einfach zu ihm gehen und ihn fragen: »was machst du heute nachmittag?« ehrlich gestanden, traue ich mich das nicht. im grunde bin ich nicht besonders schüchtern, aber bei diesem jungen – ach, ich weiß auch nicht. der typ ist irgendwie reichlich seltsam. so ein verrückter spinner ist mir noch nie über den weg gelaufen.
hast du eine idee, wie ich mich an ihn ranmachen könnte, ohne dass ihn das gefühl beschleicht, ich würde mich an ihn ranmachen? wenn ja, dann melde dich bitte. ich würde mich irrsinnig darüber freuen.
viele grüße –
HHH13

Ich zögere nur einen Wimpernschlag, ehe ich auf *Mail senden* klicke. Mein albernes Pseudonym gefällt mir nicht. Leider ist mir kein besseres eingefallen. Oliver wird das völlig egal sein. Dass er mir antworten wird, weiß ich genau. Schließlich bin ich ein Mädchen. Fragt sich bloß, ob er einen wirklich guten Tipp für mich hat.

Mein Computer ist ein uraltes Teil, das ich von meinem Onkel geschenkt bekommen habe. Ich beende die Internet-Verbindung, nehme einen Block und einen Kuli und gehe hinunter ins Wohnzimmer. Dort nehme ich das Telefonbuch aus dem Regal und setze mich aufs Sofa.

Sorgfältig gehe ich alle Namen mit Ö durch. Zum Glück gibt es nur vierzig Stück. Da Felix ein deutscher Vorname ist, gehe ich zunächst nicht davon aus, dass er Ausländer ist. Felix Özdemir . . . Klingt das nicht ziemlich unwahrscheinlich? Also notiere ich erst mal die deutschen Namen, die dazugehörigen Nummern und die Adressen. Anschließend greife ich nach dem Telefon. Vor lauter Aufregung fällt es mir aus der Hand. Bevor ich die erste Nummer wähle, atme ich ein paar Mal ganz tief durch.

»Öderjahn.«

»Hallo, Frau Öderjahn!«, melde ich mich mit zitternder Stimme. »Hier ist – äh – äh – Kann ich bitte mit Felix sprechen?«

»Mit welchem Felix?«

»Wiederhören!«

Ich drücke hastig auf den roten Knopf. Wie dämlich von mir, dass ich mir nicht mal einen Namen ausgedacht habe!

Beim nächsten Gespräch nenne ich mich Hanni und beim übernächsten Nanni. Ich werde immer nervöser. Beim dritten Gespräch bin ich so durcheinander, dass ich zur Begrüßung sage: »Hallo! Hier ist Hanni und Nanni!«

»Hallo, ihr beiden!«, ertönt die Stimme eines Jungen. »Wie geht es denn euren fünf Freunden?«

»Gut«, antworte ich idiotischerweise.

»Das freut mich. Wer ist denn wirklich dran?«

»Hanni«, antworte ich.

»Aha. Und warum rufst du hier an?«

»Ich möchte Felix sprechen.«

»Wieso?«, fragt die Stimme.

»Ich bin ein Mädchen aus seiner Klasse und wollte ihn fragen, was wir heute in Mathe aufhaben.«

»Hm.«

»Habe ich denn die richtige Nummer gewählt?«, hake ich nach. »Das ist doch Felix' Nummer, oder?«

»Ja«, sagt die Stimme. »Und er ist sogar am Apparat!«

Ach du Schande!

»Komisch, dass ich dich gar nicht kenne«, fährt er fort. »Seit wann bist du denn in meiner Klasse?«

Am liebsten würde ich sofort auflegen, aber die Neugier ist stärker. Dieser Junge, den mir Simon als furchtbaren Angeber beschrieben hat, klingt irgendwie ganz nett.

Plötzlich kommen mir Zweifel an Simons Geschichte. Vielleicht hat er mir die Story nur aufgetischt, um sich wichtig zu machen. Er hört sich jeden Tag stundenlang diese Gangster-Rapper an und möchte wohl gern selbst einer sein. Der Zeitungsausschnitt ist kein Beweis dafür, dass er die Wahrheit gesagt hat.

»Hey, bist du noch dran, Hanni?«, fragt Felix. »Oder hast du nur deine Zunge verschluckt? Sag mir endlich, woher du meine Nummer hast. Bist du dieses rothaarige Mädel aus der 9 b?«

»Ja.«

Er lacht. »Wieso nimmst du nie was zum Essen mit in die Schule? Dann müsstest du mich nicht in jeder Pause mit den Augen verschlingen. Ich weiß ja, dass ich unheimlich gut aussehe, aber diese ständige Anhimmelei geht mir echt auf die Nerven. Liebst du mich etwa?«

»Ja.«

»Ich dich aber nicht. Momentan habe ich keine Zeit für Liebe. Ich muss für Chemie und Physik büffeln, sonst darf ich das Schuljahr wiederholen. Kapierst du das?«

»Ja.«

»Warum sagst du immer nur Ja?«

Weil mir nichts anderes einfällt.

»Tut mir Leid, dass ich dir das Herz brechen muss«, meint Felix. »Aber du solltest dich lieber in einen anderen Jungen verknallen, okay?«

»Ja.«

»Ciao!«

Er legt auf, bevor ich noch ein letztes Ja loswerden kann.

Ich klappe das Telefonbuch zu, lege es zurück ins Regal, schnappe mir meinen Notizblock und will gerade in mein Zimmer gehen. Da taucht plötzlich Simon auf, einen Apfel in der Hand und einen gereizten Ausdruck im Gesicht.

»Wer war das?«, schnauzt er mich an. »Musst du ständig telefonieren? Du weißt doch, dass Mutti uns wegen jeder Telefonrechnung die Ohren voll jammert.«

Ich gehe nicht darauf ein, sondern fordere ihn auf: »Gib mir die 140 Euro.«

»Wieso?«

»Weil ich jetzt weiß, wo dieser Felix wohnt. Ich könnte ihm das Geld zurückgeben, dann ist die ganze Sache erledigt.«

Simon schüttelt den Kopf. Dann beißt er in seinen Apfel.

»Warum sagst du nichts?«, frage ich ihn. »Weil du die 140 Euro gar nicht hast, stimmt's? Ich hätte dir diesen Quatsch nicht glauben sollen.«

Mein Bruder dreht mir den Rücken zu und eilt mit lautem Gepolter die Treppe hinauf.

Ich muss lächeln. Im Grunde bin ich Simon kein bisschen böse, weil er mich beschwindelt hat. Im Gegenteil! Ich bin heilfroh, dass ich mich nicht mehr um diese Angelegenheit kümmern muss.

Auf dem Weg in mein Zimmer muss ich an das Gespräch mit Felix denken. Noch nie im Leben habe ich einem Jungen gesagt, dass ich ihn liebe. Na ja, eigentlich habe ich nichts anderes als Ja gesagt. Aber diese Antwort galt immerhin der Frage, ob ich ihn liebe.

Als ich in mein Zimmer komme, zucke ich erschrocken zusammen. Simon steht vor mir – und wedelt mit ein paar Geldscheinen in der Luft herum. Nagelneu sehen sie aus, die zwei Fünfziger und die zwei Zwanziger.

»Rate mal, wo die herkommen!«, schnauzt er mich mit grimmiger Miene an. »Warum sollte ich mir so einen Scheiß ausdenken?«

Total baff starre ich das Geld an.

»Hier, nimm schon!«, sagt er, worauf er mir die Scheine in die Hand drückt. »Was meinst du, wie er reagieren wird, wenn du ihm das Geld zurückgibst?«

Ich zucke die Schultern.

»Egal! Hauptsache, ich bin die Kröten endlich los«, meint Simon und verschwindet.

Sekunden später kehrt er allerdings zurück, drückt mir einen Schmatzer auf die Backe und murmelt: »Danke.«

Beim Rausgehen schmeißt er die Tür so kräftig hinter sich zu, als ob er stinksauer auf mich wäre. Wahrscheinlich ist er das auch – weil er mir danken musste.

Nachdem ich mich von dieser Überraschungsaktion einigermaßen erholt habe, stopfe ich das Geld in einen Briefumschlag und klebe ihn mit Tesafilm hinter meine Heizung. Dabei zittern meine Finger wie verrückt.

Um mich von den Gedanken an Felix und die Geldübergabe abzulenken, setze ich mich an den Computer und gehe ins Internet. Oliver hat schon auf meine Mail geantwortet.

> geliebte Hahaha13!
> vergiss diesen verrückten spinner! verlieb dich lieber in mich. ich habe alles, was ein mädchen braucht: zwei lippen, elf finger und haufenweise coole sprüche.
> wie kommt deine freundin eigentlich darauf, dass ich mich mit mädchen auskenne? ehrlich gesagt, habe ich keinen blassen schimmer, wie mädchen ticken! deshalb will ich sie ja dauernd treffen: um raus-

zukriegen, wie sie sind.
okay, falls du diesen mister superseltsam wirklich treffen willst, dann versuch es mal mit einer fotoaktion. du gehst zu ihm und behauptest, du würdest gerne bei einem fotowettbewerb mitmachen. dazu bräuchtest du unbedingt ein model. wetten, dass sich der kerl unheimlich geschmeichelt fühlen wird? kein junge auf der welt kann so einem angebot widerstehen.
wo du dich dann für das fotoshooting mit ihm triffst, ist deine sache. aber es sollte nicht unbedingt in deinem zimmer sein, sonst riecht er vielleicht den braten. schlage ihm lieber einen neutralen treffpunkt vor. irgendwas abgelegenes. wald oder so. warst du schon mal im wildschweinpark? wenn nicht, kann ich ihn dir gerne mal zeigen. was machst du morgen um vier? ich habe das starke gefühl, dass ich mich unsterblich in dich verlieben könnte. als ich deine mail gelesen habe, hat es mich überall gejuckt, vor allem in der unteren hälfte. gib mir eine chance, hhh13! du wirst es nicht bereuen. sehnsüchtig auf eine antwort wartend – oliver

Ein Fotoshooting ... Was für eine geniale Idee! Umgehend bedanke ich mich dafür bei unserem Klassenkomiker.

hi, oliver!
also wenn es dich so wahnsinnig juckt, dann solltest du vielleicht mal wieder un-

ter die dusche gehen. falls das wasser allein nicht hilft, könntest du es mal mit seife probieren. oder duschgel. beides entfernt schmutz. allerdings weiß ich nicht, ob man damit auch schmutzige gedanken loswerden kann. vielen dank für die idee mit dem fotowettbewerb! ich werde diesen knaben gleich morgen darauf ansprechen. mehr als ablehnen kann er ja nicht.
viele grüße –
HHH13

Kurz darauf meldet sich Oliver wieder, diesmal nur mit drei Wörtern:

ICH LIEBE DICH!

Ich will auf *Löschen* klicken, doch im letzten Moment entscheide ich mich doch für *Speichern*.

7. Kapitel

Ohne jeden Schwung trete ich in die Pedale. Diese Fahrt ist völlig sinnlos! Warum bin ich nicht lieber zu Hause geblieben und habe Simon gesagt, dass ich die Sache mit Felix nicht für ihn aus der Welt schaffen kann? Wenn ich gleich vor seinem Haus ankomme, werde ich mich nicht mal trauen vom Sattel zu steigen. Ganz abgesehen davon, auf seine Klingel zu drücken und mit ihm zu reden.

Oder werde ich mich nicht ganz so blöd anstellen wie heute Vormittag?

Beim Gedanken an die vergeblichen Versuche, mit Malte ins Gespräch zu kommen, zieht sich mein Magen zusammen. Vor der ersten Stunde, in den beiden Pausen, nach dem Schlussgong – vier Mal hatte ich Gelegenheit, Malte zu fragen, ob ich ihn für den angeblichen Fotowettbewerb knipsen darf. Ständig lief er mir über den Weg, ohne dass Nadja oder Stefanie in der Nähe waren. Warum habe ich meinen Mund nicht aufgekriegt? Weil ich tatsächlich in ihn verknallt bin?

»Huhu, Lea!«, ertönt eine Stimme auf der anderen Straßenseite. »Wo fährst du hin?«

Nadja steht an einer Bushaltestelle. Sie trägt einen schwarzen Trainingsanzug und hat eine Sporttasche in der Hand. Ich bremse ab und Nadja überquert die Straße.

»Handballtraining?«, frage ich überflüssigerweise. Schließlich weiß ich genau, dass Nadja hier jeden Donnerstagnachmittag umsteigt, um zu ihrem Verein in Gerresheim zu kommen.

Sie nickt. »Und du? Basketballtraining?«

»Nein, ich war schon ewig nicht mehr da«, antworte ich.

»Mindestens seit zwei Wochen. Außerdem haben wir immer montags Training. Warum grinst du so?«

»Ich habe ihn geküsst«, verrät sie mir mit leuchtenden Augen.

»Wen?«

»Na wen wohl? Würde ich so happy aussehen, wenn ich meinen Opa geküsst hätte?«

»Du meinst –« Ungläubig schüttle ich den Kopf. »Du meinst, du hast Igor geküsst?«

»Genau!«

»Wann? Wie? Wo? Warum? Hat er Mundgeruch?«

Nadja fängt an zu kichern.

»Nun red schon!«, dränge ich meine Freundin. »Dein erster Kuss! Du musst haargenau beschreiben, was dabei passiert ist.«

»Na ja, eigentlich war es gar kein richtiger Kuss«, windet sich Nadja. »Es war irgendwie – wie soll ich sagen?«

»Was heißt richtig? Habt ihr euch geküsst oder nicht?«

»Ja, ich habe sie geküsst«, sagt Nadja.

»Wen sie? Igors Mutter?«

»Nein, seine Dose.«

»Seine – seine Dose?«, wiederhole ich. »Was für eine Dose?«

Sie zieht den Reißverschluss ihrer Sporttasche auf, greift hinein und holt eine zusammengequetschte Coladose heraus.

»Die hat er vorhin aus dem Fenster geworfen, als ich gerade aus unserem Haus kam«, erzählt Nadja. »Ich habe sie natürlich aufgehoben. Und eben in der Straßenbahn –« Sie legt wieder mit ihrem Gekicher los.

»Du hast nicht deine Lippen an die Dose gepresst, oder?«

»Ach, Lea!« Nadja pikst mich in den Bauch. »Das hättest du an meiner Stelle bestimmt auch gemacht.«

»Spinnst du?«

»Komm doch heute Abend vorbei«, schlägt sie vor. »Wir können irgendwas Verrücktes tun, um Igors Aufmerksamkeit auf uns zu lenken.«

»Kannst du nicht alleine was Verrücktes tun?«

»Bist du meine Freundin oder nicht?«, fragt Nadja patzig zurück.

»Na klar bin ich das! Aber ich habe noch was anderes zu tun, als dich und deinen Igor zu verkuppeln.«

Zum Beispiel meinen Bruder und Stefanie zu verkuppeln. Ich sollte eine Firma aufmachen. Die Lea-Lamprecht-Liebesangelegenheiten-GmbH. Und für solche Fälle wie die von Simon und den 140 Euro sollte ich direkt noch eine zweite Firma gründen: Die Lea-Lamprecht-Diebesangelegenheiten-GmbH.

»Mein Bus!«, kreischt Nadja plötzlich und rennt über die Straße, ohne auf den Verkehr zu achten. Beinahe gerät sie unter ein Taxi. Der Fahrer, der eine Vollbremsung machen muss, drückt wütend auf die Hupe.

Nadja macht kein besonders freundliches Gesicht, als sie mir aus dem Bus zuwinkt. Lächelnd hebe ich die Hand. Nachdem der Bus verschwunden ist, radle ich weiter.

Eine Coladose küssen – so was Idiotisches! Wenn Liebe bedeutet sich wie eine Irre zu benehmen, dann bleibe ich hoffentlich bis zum Rest meines Lebens davon verschont.

Meine Gedanken wollen sich wieder Malte zuwenden, aber Felix und das Geld sind jetzt wichtiger. Nur noch wenige hundert Meter, dann müsste ich am Ziel sein. Auf dem Stadtplan habe ich mir ganz genau angeschaut, wo Felix wohnt, damit ich mich nicht verfahre.

Klar, ich will die vier Scheine in meiner Jeans so schnell wie möglich loswerden. Aber dazu müsste ich bei Felix klingeln und mit ihm reden. Das heißt – könnte ich das Geld nicht einfach in seinen Briefkasten werfen und abhauen? Das wäre doch die beste Lösung! Felix wüsste bestimmt, dass es seine eigenen Scheine sind.

Je näher ich meinem Ziel komme, desto mulmiger wird mir zu Mute. An der steilen Straße, die ich keuchend hinaufradle, stehen nur protzige Villen. Für einen Jungen, der hier wohnt, sind 140 Euro wahrscheinlich ein lächerlicher Betrag. Warum hat Simon das Geld nicht einfach verjubelt? Dann gäbe es jetzt kein Problem damit. Länger als einen Nachmittag hätte ich bestimmt nicht gebraucht, um die vier Scheine loszuwerden. Danach hätte ich allerdings eine Woche Bauchschmerzen gehabt von den vielen Thunfischpizzas, die ich mir gegönnt hätte. Und Augenschmerzen von den fünf Filmen, die ich mir im Kino angesehen hätte. Und vermutlich hätte ich bis zum Rest meines Lebens kein Popcorn mehr sehen können.

Hausnummer 79. Ich höre auf zu treten. Das Rad bleibt stehen. Meine Beine fühlen sich an wie Pudding, als ich vom Sattel steige. Schuld daran ist allerdings nicht nur der steile Anstieg.

Während ich versuche meine Atmung zu beruhigen, nehme ich das Haus genauer in Augenschein. Das Grundstück ist umzäunt von dichtem Gebüsch. Es scheint riesengroß zu sein und ziemlich neu, aber genau zu erkennen ist es eigentlich gar nicht, weil es dem Betrachter irgendwie den Rücken zukehrt. Nur zwei Fenster gehen zur Straße hinaus, eins im Erdgeschoss und eins im ersten Stock. Die graue Eingangstür wirkt alles andere als einladend. Eine Klingel ist nicht zu sehen. Macht nichts. Ich hätte sowieso nicht draufgedrückt.

Ich stelle das Fahrrad ab und nähere mich dem Briefkasten, der neben der Haustür angebracht ist. Als ich in die

Tasche greife, um die Scheine herauszuholen, geht die Haustür auf.

»Hallo! Kann ich dir helfen?«

Wow!

Vor mir steht der hübscheste Junge, den ich je gesehen habe. Im wahren Leben zumindest. Solche Schönlinge gibt es nur im Kino und im Fernsehen. Und auf CD-Hüllen und Postern. Der Knabe hat kurze schwarze Haare, strahlend blaue Augen und Wahnsinnslippen. Ich muss mich dazu zwingen, den Blick von seinem Mund zu wenden. Aber in seine Augen kann ich auch nur flüchtig schauen. Ein gewaltiges Kribbeln jagt durch meinen Körper. Am liebsten würde ich mich überall kratzen, aber ich möchte nicht, dass mich der Junge für einen Affen hält.

»Wir wollen keine Werbung im Briefkasten«, sagt er. »Das steht doch drauf. Oder kommst du wegen was anderem?«

»Ja«, antworte ich und hätte mir anschließend beinahe auf die Zunge gebissen. Ja war auch das Wort, das ich gestern am Telefon dauernd benutzt habe. Felix darf auf keinen Fall meine Stimme erkennen. Schließlich habe ich gestern so getan, als sei ich das rothaarige Mädchen aus seiner Schule, das ihn in jeder Pause hingerissen anstarrt. Darum räuspere ich mich kurz und sage dann mit etwas tieferer Stimme: »Ich komme wegen was ganz anderem.«

»Aha. Und weswegen?«

Wenn ich ihm jetzt die 140 Euro in die Hand drücke und mich dafür entschuldige, dass mein Bruder ihm eine gescheuert hat, sehe ich Felix garantiert nicht wieder. Falls das überhaupt Felix ist, der mir gerade gegenübersteht. Vielleicht sollte ich mich erst mal nach seinem Namen erkundigen.

»Ich heiße Lea. Und du?«

»Warum willst du meinen Namen wissen?«

»Weil – weil –« Verzweifelt durchstöbere ich mein Hirn nach irgendeiner Lüge, die nicht allzu verlogen klingt.

»Weil – weil ich dich gerne fotografieren möchte. Für einen Wettbewerb. Ich hab dich zufällig auf der Straße gesehen und bin dir gefolgt und – und –«

»Und jetzt hast du deinen ganzen Mut zusammengenommen, um bei mir zu klingeln«, sagt er und lächelt mich zum ersten Mal an. Ich schmelze dahin wie eine Eiskugel im Backofen.

»Genau«, erwidere ich, worauf er seine Hand ausstreckt und sagt: »Ich heiße Felix.«

Beim Händeschütteln verbeugt er sich ganz leicht.

»Ich werde oft darauf angesprochen, dass ich wie ein Model aussehe«, behauptet er. »Manchmal ist das ganz schön nervig. Aber meistens fühle ich mich total geschmeichelt. So wie jetzt zum Beispiel.«

»Aha.«

»Komm doch rein, Lea! Wir können die Fotos gleich machen. Am besten draußen im Garten.«

»Das – äh –, das geht jetzt leider nicht. Ich habe nämlich meine Kamera vergessen.«

»Schade. Morgen und übermorgen habe ich keine Zeit. Was machst du am Sonntag?«

Wahrscheinlich vor Aufregung sterben, falls ich mich am Sonntag mit Felix treffen sollte.

»Äh – Sonntag?«

»Wie wäre es um halb vier im Hofgarten?«, schlägt Felix vor. »Am Grabbe-Denkmal neben dem Opernhaus? Bei schönem Wetter ist dort bestimmt die Hölle los. Das bedeutet, dass es bei unserem Shooting jede Menge Gaffer geben wird. Und genau das liebe ich am meisten beim Fotografieren!«

»Ich auch«, schwindle ich.

Im Haus klingelt ein Telefon drauflos.

»Ich muss ran«, sagt Felix. »Also, bis Sonntag!«

Er drückt mir wieder die Hand und schlägt mir dann unsanft die Tür vor der Nase zu.

Beschwingt kehre ich zu meinem Fahrrad zurück. So ein Glück, dass mir die Lüge mit dem Fotowettbewerb eingefallen ist! Sie hat mir nicht nur die Antwort auf die Frage verschafft, was ich hier zu suchen habe, sondern mir noch obendrein eine Verabredung mit diesem Superboy eingebracht. Vielen Dank, Oliver!

In glänzender Laune schwinge ich mich auf den Sattel. Genüsslich male ich mir aus, wie der Sonntagnachmittag im Hofgarten verlaufen wird. Wetten, dass Felix und ich eine Menge Spaß zusammen haben werden?

Erst, als ich in unsere Straße einbiege, dämmert mir allmählich, dass meine Fahrt zu Felix alles andere als ein Erfolg gewesen ist. Wollte ich ihm nicht das Geld zurückgeben? Hatte ich nicht vor, dafür zu sorgen, dass sich mein Bruder wieder ohne Panik aus dem Haus traut?

Ich muss an Simons Kuss denken. Plötzlich brennt er wie Feuer auf meiner Backe. Wenn ich meinem Bruder erzähle, wie der Besuch bei Felix gelaufen ist, wird er sich dafür bestimmt mit einem gezielten Fausthieb bedanken. Darum sollte ich ihm vielleicht lieber ganz was anderes erzählen . . .

8. Kapitel

Beim Frühstück sind meine Eltern blendend gelaunt. Nein, wir haben keinen Lottogewinn gemacht, der uns mit einem Schlag von unseren Schulden befreit hat. Meine Eltern sind nur deshalb so fröhlich, weil Simon wieder ganz der Alte ist. Er kleckert mit seinem Kakao, rülpst nach jedem Schluck, wischt sein Messer an der Hose ab und macht einen blöden Witz nach dem anderen. Meine Eltern kommen aus dem Lachen nicht mehr heraus. Ich dagegen sitze mit versteinerter Miene am Tisch und kriege kaum einen Bissen runter.

Gestern Abend hat Simon von mir erfahren, dass ich Felix das Geld zurückgegeben habe. Mein Bruder wollte haargenau wissen, was er gesagt hat.

»Nichts Besonderes«, antwortete ich. »Er war nur froh, dass seine 140 Euro wieder da sind.«

»Und was ist mit der Polizei?«

»Felix sagt ihr Bescheid, dass sich die Sache erledigt hat. Sein Vater ist Rechtsanwalt«, schwindelte ich weiter. »Da weiß er ja wohl, wie man eine Anzeige zurückzieht.«

»Dieser Blödmann hat mich also tatsächlich angezeigt?«

»Na klar!«, behauptete ich. »Aber jetzt ist alles okay.«

»Du bist ein Schatz, Lea!«, jubelte mein Bruder und reckte dabei seine Fäuste in die Luft.

Danach wollte er mir wieder einen Kuss geben, doch ich schubste ihn weg und sagte: »Ich küsse nur Jungs, die sich ab und zu die Zähne putzen.«

Kichernd schlurfte er aus meinem Zimmer.

Und jetzt kichert er immer noch, und zwar über seine eigenen Witze, die ich noch nie besonders komisch gefunden habe. Ich schiebe mir noch einen Löffel Müsli in den Mund und stehe auf.

»Was ist los?«, fragt meine Mutter. »Fühlst du dich nicht gut? Du hast ja fast gar nichts gegessen.«

»Lea ist süchtig!«, mischt sich Simon ein. »Und zwar nach mager! Versteht ihr? Magersüchtig!«

Nicht zu fassen, dass mein Vater über so einen schwachsinnigen Spruch lachen kann!

Eine Viertelstunde später schnappe ich mir meine Schultasche, verabschiede mich und verlasse das Haus. Nicht zum ersten Mal in meinem Leben bin ich froh darüber, dass Simon und ich nicht in dieselbe Schule gehen.

Dass ich ihm nicht die Wahrheit über meinen Besuch bei Felix gesagt habe, finde ich irgendwie gar nicht so schlimm. Schließlich war das eigentlich keine Lüge. Denn die Geldübergabe ist ja nur um ein paar Tage verschoben. Wenn Felix und ich etwas besser miteinander bekannt sind, fällt es mir sicher nicht schwer, ihm die 140 Euro in die Hand zu drücken und ihm zu gestehen, dass mein Bruder der Typ war, der sie ihm geraubt hat.

Felix und ich . . .

Klingt das nicht reichlich vermessen? Warum sollte sich der schönste Junge Europas ausgerechnet mit mir abgeben? Sobald ich am Sonntag das letzte Foto von ihm geschossen habe, wird mir Felix die Hand schütteln und für immer aus meinem Leben verschwinden. Und eigentlich wäre es auch besser so. Denn schließlich gibt es da noch Malte, von dem ich heute Nacht geträumt habe.

Wir rannten an einem Strand entlang, irgendwo am Mittelmeer, und fielen dann total erschöpft in den Sand. Weil ich mir dabei einen Knöchel verstauchte, nahm mich Malte auf die Arme und trug mich zurück zu unserem Hotel. Unterwegs knickte er selbst um. Da mein Knöchel wunderbarerweise von einer Sekunde zur anderen geheilt war, durfte ich meinerseits nun Malte durch die Gegend tragen. Er war so leicht wie ein Luftballon. Und er konnte auch genauso gut fliegen. Denn plötzlich erhob er sich in die Lüfte und schwebte davon. Tief betrübt schaute ich ihm hinterher, bis er hinter den Wolken verschwand. Als ich kurz darauf in mein Hotelzimmer kam, lag Malte auf dem Bett. Ganz nackt war er nicht. Auf seinem Kopf trug er einen Kranz aus kleinen Blättern. Als ich ihn fragte, woher die Blätter stammten, nahm er den Kranz ab und biss hinein.

Und dann geschah etwas Furchtbares: Ich wachte auf. Verdammter Mist! Hätte der Traum nicht noch ein paar Minuten weitergehen können?

»Guten Morgen, Lea!«, ruft mir Stefanie entgegen, als ich am Lessingplatz den Zebrastreifen überquere. »Warum machst du so ein finsteres Gesicht?«

»Weil ich nicht mehr im Bett liege und schlafe«, brumme ich.

Meine Freundin lacht. »Pennen kannst du gleich in Biologie. Los, gehen wir! Nadja kommt heute nicht. Ihre Mutter hat gestern Abend bei uns angerufen.«

»Was hat sie denn? Herpes?«

»Wie kommst du darauf?«

»Wegen einer Coladose«, antworte ich. »Oder hat sie sich das Herz gebrochen, weil sie ihren geliebten Igor beim Knutschen mit einem anderen Mädchen beobachtet hat?«

»Nadja ist gestern beim Handballtraining schwer gestürzt«, erfahre ich von Stefanie. »Sie kann ihr rechtes Knie nicht mehr bewegen. Heute wird es geröntgt.«

»Aha.«

»Bitte! Bitte! Bitte!«, fleht sie mich plötzlich an und

durchbohrt mich dabei mit einem beschwörenden Blick. »Sag nicht Nein! Bitte! Bitte!«

Ich runzle die Stirn. »Wovon redest du?«

»Darf ich heute bei dir schlafen? Bitte! Ich bringe meinen Schlafsack mit und werde mucksmäuschenstill sein. Die ganze Nacht. Versprochen!«

»Hm.«

»Auch beim Einschlafen. Bitte, sag nicht Nein! Ich möchte so gerne mit euch Abendbrot essen. Und morgen mit euch frühstücken. Es kann ja sein, dass Simon – ich meine – dass er sich irgendwie –«

»Dass er sich in dich verknallt und deinen Mund mit seinem Brötchen verwechselt und dir in die Lippen beißt und sich dann auf deinen Schoß setzt, damit du riechen kannst, wie ekelhaft er unter den Armen stinkt.«

»Du bist gemein!«, schimpft Stefanie, ohne sich das Grinsen verkneifen zu können. »Ich will nur ein paar Worte mit ihm wechseln. Und ihm dabei zuschauen, wie er futtert.«

»Igitt!«

»Bitte, Lea!«

»Sehe ich aus wie ein Auto?«

»Hä?«, macht Stefanie und glotzt mich verwirrt an. »Was soll diese blöde Frage?«

»Autos haben eine Kupplung. Ich nicht.«

Meine Freundin versteht kein Wort. »Was soll das heißen?«

»Dass ich keine Lust habe, dich mit meinem Bruder zu verkuppeln. Ihr passt überhaupt nicht zusammen.«

»Woher willst du das wissen?«

Weil Oliver zwischen uns auftaucht, kann ich nicht antworten. Er bombardiert erst mich und dann Stefanie mit Komplimenten, ehe er von einem riesigen Mädchen im Minirock abgelenkt wird, das uns mit großen Schritten überholt.

»Warte mal!«, ruft Oliver und rennt los, um sie einzuholen. Kaum ist er neben ihr angekommen, leiert er seine Sprüche runter. Ihr glockenhelles Lachen ist das Signal für Oliver, sein Handy zu zücken und das Mädchen um ihre Nummer zu bitten.

»So ein dreister Kerl!«, schnaubt Stefanie. »Hat er denn überhaupt keine Hemmungen? Wie kann man nur einfach irgendeine Fremde anquatschen, ohne sich dabei saublöd vorzukommen?«

Ich überlege, ob ich Stefanie von Felix erzählen soll. Zu gern würde ich damit prahlen, wie ich ihn gestern mit einer dreisten Lüge dazu gebracht habe, sich übermorgen im Hofgarten mit mir zu treffen. Dann müsste ich Stefanie allerdings auch die Geschichte mit den 140 Euro verraten. Aber die muss ich für mich behalten, wenn ich von meinem Bruder nicht erwürgt werden möchte.

Immerhin hat mir die Begegnung mit Felix Mut gemacht. Wenn ich es geschafft habe, mich mit diesem Schönling zu verabreden, dann müsste es doch ein Kinderspiel sein, ein Date mit Malte zu organisieren.

In der ersten Pause gibt es eine günstige Gelegenheit. Stefanie wird von Ulrike abgelenkt, die mit meiner Freundin über ein gemeinsames Geschenk für Larissa reden will. Zu Larissas Party bin ich nicht eingeladen, weil wir uns vor einigen Wochen schrecklich gezankt haben und uns seitdem aus dem Weg gehen.

Nicht nur wegen Malte bin ich heilfroh darüber, dass ich Stefanie für eine Weile los bin. Sie ist sauer auf mich, weil ich nicht will, dass sie heute bei mir schläft. Auf ihr Gewieher beim Abendbrot kann ich verzichten. Das Gegacker beim Frühstück war schon schlimm genug. Stefanie würde sich über jeden einzelnen Satz von Simon kaputtlachen, auch wenn er nur meine Mutter darum bittet, ihm die Margarine zu reichen. Warum kann sie sich nicht in Larissas Bruder verknallen? Ich habe keine Lust, Stefanie mit Simon zu verkuppeln. Reicht es nicht, dass mich Nadja dauernd mit der Frage nervt, wie sie an ihren Igor rankommen soll? Soll ich die Liebesprobleme der ganzen Stadt lösen?

Scheinbar gelangweilt, schlendere ich über den Schulhof, mein Schinkenbrötchen in der Hand. Während ich fieberhaft nach Malte Ausschau halte, klopft mir das Herz bis zum Hals. Ich entdecke ihn auf der kleinen Mauer neben dem Eingang. Abrupt bleibe ich stehen. Mit übereinander geschlagenen Beinen hockt Malte da und schaut hinauf in den Himmel. Neugierig folge ich seinem Blick. Außer jeder Menge Wolken, durch die sich ab und zu ein Sonnenstrahl verirrt, gibt es dort oben nichts zu sehen.

Ich stopfe mir den Rest des Brötchens in den Mund, schlinge ihn hinunter und wische mir mit beiden Handrücken über die Lippen. Dann balle ich entschlossen die Fäuste und will auf Malte zumarschieren. Dummerweise wollen meine Beine nicht mitkommen. Sie scheinen sich in Blei verwandelt zu haben und rühren sich nicht von der Stelle.

Malte greift in seine Jackentasche, holt etwas heraus und steckt es sich zwischen die Zähne. Ich will gar nicht wissen, worauf er gerade herumkaut, sonst würde mir vielleicht das Schinkenbrötchen hochkommen.

Erst jetzt fällt mir auf, wie ungepflegt er heute aussieht. Seine Haare sind fettig und haben schon länger keine Bürste mehr gesehen. Ein Teil seines Hemdes hängt aus der Hose. Sein rechter Schuh ist offen. Heute Nacht im Traum sah Malte tausendmal besser aus. Vor allem in der Szene in meinem Hotelzimmer.

Plötzlich fängt er an zu husten. Erst ganz leicht, dann immer heftiger. Er muss sich verschluckt haben. Blitzschnell rase ich zu ihm und klopfe ihm auf den Rücken. Er hustet weiter, ohne mich zu beachten. Nachdem er sich endlich beruhigt hat, mustert er mich von oben bis unten und sagt: »Ich kenne dich.«

»Woher?«

»Keine Ahnung. Aber ich habe dich schon mal irgendwo gesehen.«

»Ich dich auch. Auf dem Mädchenklo. Am Dienstag.«

»Dienstag?« Er kratzt sich am Hinterkopf. »Was haben wir heute?«

»Freitag.«

»Hm.«

Kopfschüttelnd richtet er seinen Blick wieder auf den Himmel. Ich trete von einem Fuß auf den anderen und knete an meinen Fingern herum. Warum falle ich nicht einfach mit der Tür ins Haus und erzähle ihm von dem Fotowettbewerb?

Stattdessen frage ich ihn: »Woran hast du dich eben verschluckt?«

»Halsbonbon. Willst du eins?«

»Nein, danke. Du – du isst manchmal Blätter.«

Er grinst mich an. »Irrtum. Ich kaue nur auf ihnen herum.«

»Wozu?«

»Weil ich kein bloßer Botaniker sein möchte«, antwortet er. »Ich interessiere mich nicht nur für die Molekularstruktur von Blättern, sondern auch für den Geschmack, verstehst du?«

»Äh –«

»Mach dir nichts draus«, sagt Malte und winkt ab. »Ich verstehe mich selbst nicht so genau. Aber das ist nicht weiter schlimm. Schließlich sind Menschen nicht mein Spezialgebiet.«

»Meins aber«, rattere ich drauflos. »Ich mache nämlich mit bei einem Fotowettbewerb und brauche noch einen Jungen, der sich von mir knipsen lässt. Natürlich nicht irgendeinen Jungen, sondern einen möglichst gut aussehenden. Und da du nicht gerade hässlich bist – ich meine, du hast doch sicher schon oft gehört, dass du – äh –«

»Vergiss es!« Malte erhebt sich lässig von der Mauer. »Für so einen Quatsch habe ich keine Zeit. Warum knipst du nicht lieber was Spannenderes?«

»Was denn?«

»Wann warst du zum letzten Mal im Wald?«

Ich zucke die Schultern. »Das dürfte schon etwas länger her sein.«

»Typisch!« Er zückt ein winziges Notizheft und einen kleinen Kuli. »Gib mir deine Telefonnummer.«

»Warum?«

»Wenn ich Zeit habe, ruf ich dich an. Dann können wir uns ja mal im Wald treffen. Gibst du sie mir oder nicht?«

Er notiert sich die sieben Zahlen. Meinen Namen will er ebenfalls wissen.

»Lea? Das ist aus dem Hebräischen und bedeutet so viel wie die Ermüdete. Die sich umsonst müht.«

»Bist du sicher? Ich dachte immer, der Name hätte was mit Löwen zu tun.«

»Ich habe mich mal eine Zeit lang mit Vornamen beschäftigt. Ist allerdings schon ewig her.«

Es gongt. Malte nickt mir lässig zu und eilt davon, ohne sich richtig von mir zu verabschieden.

Im Treppenhaus werde ich von Stefanie eingeholt.

»Ich hab alles mitgekriegt! Was hat sich dieser Malte aufgeschrieben? Deine Maße?«

»Halt die Klappe!«, knurre ich.

Doch Stefanie lässt nicht locker. Nicht nur in Englisch und Erdkunde nervt sie mich mit spitzen Bemerkungen über Malte, sondern auch in der zweiten Pause. Um sie zum Schweigen zu bringen, sage ich schließlich: »Du kannst übrigens doch heute bei mir schlafen.«

Sie reißt die Augen auf. »Echt?«

»Aber nur, wenn du keinen Ton mehr über Malte sagst.«

»Einverstanden! Ab sofort reden wir nur noch über Simon.«

»Bitte nicht!«, stöhne ich.

»Was soll ich anziehen beim Abendbrot? Ein Kleid? Oder die silberne Bluse? Oder soll ich mir bei meinem Cousin ein paar Hip-Hop-Klamotten ausleihen? Was würde deinem Bruder am besten gefallen?«

»Wenn du splitternackt am Tisch sitzen würdest.«

Seelenruhig fragt Stefanie: »Ist es denn dafür warm genug bei euch in der Küche?«

»Hä?«

»Du weißt doch, dass wir jedes Jahr FKK-Urlaub machen. Da sind wir auch die ganze Zeit nackt. Warum glotzt du mich so entgeistert an, Lea? Nacktheit ist doch was ganz Natürliches.«

»Aber nicht in unserer Küche, kapiert?«

9. Kapitel

Frau Scherer läuft heute nicht im Bademantel durch die Wohnung, sondern trägt einen schwarzen Rock und eine gelbe Bluse mit blauen Blümchen. Na ja, von laufen kann eigentlich nicht die Rede sein. Für den Gang vom Wohnzimmer in die Küche hat sie mehrere Minuten gebraucht. Sie lehnt im Türrahmen, eine Hand auf der Klinke, und schaut mir beim Auspacken zu.

»Ist es nicht erstaunlich, wie viele Lebensmittel man noch auf seine alten Tage verbraucht?«, wundert sie sich. »Wenn ich morgens aufwache, bilde ich mir meistens ein, ich würde heute nicht mal einen Zwieback runterkriegen. Und dann habe ich doch ständig irgendwas im Mund. Und damit meine ich nicht mein Gebiss.«

Lachend hole ich eine Flasche Wein und einen Liter Milch aus der letzten Leinentasche und stelle die Sachen zu den anderen Einkäufen auf den Tisch. Während ich all das Zeug in den Regalen und im Kühlschrank verstaue, erzählt mir Frau Scherer vom Besuch ihres Sohnes. Er war vorgestern mit seiner Tochter hier. Frau Scherer findet es unbegreiflich, dass ihre Enkelin bald 30 wird.

»Ich sehe so deutlich vor mir, wie ich ihr eine frische Windel anziehe, als wäre es gestern gewesen.« Sie schaut zum Kalender, der neben dem Fenster hängt. »Die Zeit ist im Grunde was Langweiliges, weil sie nur eine Richtung kennt: immer geradeaus. Warum kann sie nicht mal ein paar Runden drehen? Oder den Rückwärtsgang einlegen?«

Nachdem ich den Wein auf den Kühlschrank gestellt habe, ist der Tisch leer. Ich hole das restliche Geld aus der Jackentasche und lege es auf den Tisch.

»Wollen Sie nachzählen, Frau Scherer?«

»Bist du verrückt? Du bist doch kein Dieb, oder?«

»Wer weiß«, antworte ich schmunzelnd. »Wenn man nicht bekommt, was man normalerweise kriegt, lässt man eines Tages vielleicht mal den einen oder anderen Schein verschwinden.«

Noch deutlicher kann ich sie beim besten Willen nicht an die zwei Euro erinnern, die ich schon seit Wochen nicht mehr von ihr bekommen habe. Doch was passiert? Gar nichts! Frau Scherer wechselt einfach das Thema. Dabei hätte ich schwören können, dass sie heute nicht ganz so durcheinander ist wie sonst. An Tagen, an denen sie keinen Bademantel trägt, ist sie normalerweise viel besser drauf.

Sie erzählt mir von einem Hörspiel, das gestern Abend im Radio gelaufen ist. Es ging um ein Ehepaar, das sich absolut nichts zu sagen hatte – und das zwei Stunden lang.

»Ich hoffe nicht, dass zwischen deinen Eltern auch manchmal eine solche Funkstille herrscht«, meint Frau Scherer. »Haben sich die beiden noch genug zu sagen?«

»Na klar!«, antworte ich. »Die reden vor allem übers Geld. Das ist bei uns Thema Nummer eins«, füge ich mit einem gierigen Blick auf die Scheine und die Münzen hinzu, die auf dem Tisch liegen.

»Ach ja, das liebe Geld!« Frau Scherer dreht mir den Rücken zu und macht sich im Schneckentempo auf den Weg ins Wohnzimmer. »Wer keins hat, redet über nichts anderes mehr. Und wer ganze Berge davon hat, redet noch mehr darüber.«

Ich könnte mir jetzt in aller Ruhe einen Schein nehmen und in meiner Jacke verschwinden lassen, ohne dass Frau Scherer etwas davon mitkriegen würde. Warum tue ich es nicht? Weil ich ein anständiges Mädchen bin? Wenn das stimmen würde, hätte ich sicher nicht meinen Bruder belogen.

Ich folge Frau Scherer ins Wohnzimmer. Sie hat sich inzwischen auf dem Sofa niedergelassen.

»Hast du noch Zeit für ein kleines Schwätzchen, Lea?«

»Nein, heute leider nicht. Ich bekomme gleich Besuch von meiner Freundin Stefanie. Sie schläft heute Nacht bei mir. Sie ist nämlich in meinen Bruder verliebt.«

»Wirklich?«

Ich lege einen Zeigefinger auf meine Lippen. »Pssst, das ist ein Geheimnis! Simon weiß nichts davon. Und wahrscheinlich wird er es auch nie erfahren.«

»Aber warum denn nicht?«

»Weil Stefanie sich nächste Woche in einen anderen Jungen verlieben wird. Und dann wieder in einen andern. Und so weiter. So ist das immer in unserem Alter.«

»Nicht unbedingt«, widerspricht Frau Scherer. »Als ich meinen Mann kennen lernte, war er fünfzehn und ich dreizehn!«

»Echt?«

Ich staune immer noch darüber, als ich mich kurz darauf auf den Heimweg machte.

Was für eine merkwürdige Vorstellung, dass Malte irgendwann mal mein Mann werden könnte . . . Oder Felix. Ich sehe mich schon mit ihm zusammen vor der Lambertuskirche aus einem weißen Rolls Royce steigen. Und ich höre das Getuschel um uns herum: *Wie kann er bloß so eine Miss Durchschnitt heiraten! Die passt doch überhaupt nicht zu ihm!*

Als ich in unsere Straße einbiege, winkt mir Stefanie von weitem zu. Sie steht vor unserem Haus und wartet auf mich. Was will sie denn schon hier?

»Du bist viel zu früh«, grummle ich.

»Nette Begrüßung!«, erwidert sie mit einem süß-sauren Lächeln und greift nach ihrem Schlafsack und ihrer großen Reisetasche.

»Was ist denn da alles drin?«, frage ich sie verdattert. »Willst du etwa bis zu den Sommerferien bei uns bleiben?«

»Hättest du was dagegen?«, fragt sie zurück.

Oben in meinem Zimmer lässt sie die Sachen einfach fallen, geht zur Wand und presst ihr rechtes Ohr daran.

»Ich höre nichts!«, flüstert sie mir zu. »Was meinst du, was er gerade macht?«

Ich hole ganz tief Luft und brülle: »Hey, Simon! Stefanie möchte gerne wissen, was du gerade –«

Weiter komme ich nicht, weil sich meine Freundin wutentbrannt auf mich gestürzt hat und mir den Mund zuhält.

»Bist du wahnsinnig?«, regt sie sich auf. »Warum verrätst du ihm nicht gleich, dass ich ihn liebe?«

»Weil er sowieso nicht zu Hause ist«, antworte ich, nachdem ich Stefanie von mir weggeschubst habe. »Freitags ist er bei irgendeinem Computerkurs.«

»Schade.«

»Keine Angst«, beruhige ich sie. »Zum Abendbrot ist er wieder da.«

»Oh nein!«, kreischt Stefanie und schaut voller Panik auf die Uhr. »Bis dahin sind es ja nur noch drei Stunden und siebzehn Minuten. Wetten, dass ich vor Aufregung in meinen Teller beißen werde? Vielleicht sollte ich lieber hier oben essen.«

Um sie auf andere Gedanken zu bringen, mache ich den Vorschlag, gemeinsam für die Englischarbeit am Dienstag zu büffeln. Begeistert ist sie zwar nicht, hat aber keine bessere Idee, wie wir die Zeit totschlagen könnten.

Je mehr sich der kleine Zeiger ihrer Armbanduhr der

Sechs nähert, umso zappeliger wird Stefanie. Um zwanzig vor springt sie vom Stuhl und reißt ihre Tasche auf.

»Ich muss mich sofort umziehen«, verkündet sie. »Los, du musst mich beraten!«

Sie steigt aus Jeans und T-Shirt und schlüpft nacheinander in alle Klamotten, die sie mitgebracht hat. Am Ende entscheidet sie sich mit meiner Hilfe für einen weiten blauen Rock und ihre silberne Bluse. Doch weil ihre Turnschuhe nicht dazu passen, reißt sie sich alles vom Leib und steigt wieder in die Jeans und zieht sich das T-Shirt über den Kopf. Die ganze Modenschau hätten wir also uns sparen können.

»Ich sehe grässlich aus!«, jammert Stefanie. »Dein Bruder wird glauben, ich hätte überhaupt keinen Geschmack!«

»Hast du auch nicht. Warum hättest du dich sonst in ihn verknallen sollen? Gehen wir runter? Mein Vater hat schon gerufen.«

Leichenblass ist sie, die arme Stefanie! Als ich die Tür öffne, zuckt sie zusammen und schaut mich ängstlich an.

»Cool bleiben!«, rate ich ihr. »Simon wird dich schon nicht beißen. Es sei denn, du beschmierst dich mit Ketschup!«

Meine Freundin will lächeln, kann ihr Gesicht aber nur zu einer dümmlichen Grimasse verziehen. Was immer die Liebe bewirken mag: Intelligenter scheint sie uns nicht unbedingt zu machen.

Ich gehe voran. Stefanie heftet sich an meine Fersen. Auf der Treppe fasst sie mich an der Hand, doch als sie Stimmen von unten hört, lässt sie mich sofort wieder los.

»Hallo, Leute!«, rufe ich, wobei ich schwungvoll die Küchentür aufreiße. »Ich habe jemanden mitgebracht.«

»Guten Abend, Steffi!«, sagt mein Vater und steht auf, um ihr die Hand zu schütteln. »Was macht die Schule?«

»Jetzt fang doch nicht mit der Schule an!«, mischt sich meine Mutter ein. »Es ist Wochenende. Und nenn sie nicht Steffi, das kann sie nicht ausstehen. Hab ich Recht, Stefanie? Wo möchtest du sitzen?«

»Neben mir ist kein Platz«, mault Simon, der bis jetzt noch nicht den Blick von dem Messer in seiner Hand gehoben hat. »Die soll im Klo essen.«

Stefanies Kichern klingt nicht besonders fröhlich. Meine Mutter holt einen Teller, eine Tasse und Besteck aus dem Schrank.

»Setz dich neben Lea«, fordert sie meine Freundin auf. »Der Tisch ist tatsächlich nicht besonders groß. Ihr müsst halt ein bisschen zusammenrücken.«

»Genau wie im Bett«, witzelt Simon. »Oder seid ihr gar nicht lesbisch?«

»Red keinen Mist!«, weist mein Vater ihn zurecht.

»Wieso Mist? Habt ihr euch noch nie gefragt, warum Stefanie dauernd bei Lea übernachtet? Von meinen Freunden hat noch nie jemand bei mir geschlafen.«

»Du hast ja auch keine!«, sage ich spitz, was mir einen Kniestoß von Stefanie einträgt.

»Kein Streit!«, geht meine Mutter dazwischen. »Das ist ganz schlecht für die Verdauung. So, und jetzt guten Appetit!«

»Guten Appetit!«, murmelt Stefanie, und das bleiben die einzigen Worte, die sie während des Abendbrots von sich gibt.

Doch kaum sind wir wieder zurück in meinem Zimmer, kann meine Freundin gar nicht mehr aufhören zu reden.

»Ist der süß!«, schwärmt sie und strahlt dabei übers ganze Gesicht. »So lustige Sprüche macht nicht mal Oliver! Und er hat mich kein einziges Mal Steffi genannt. Das heißt ja wohl, dass er mich irgendwie mag. Und hast du gesehen, wie er seinen Rollmops gegessen hat? Er hat ihn in winzige Teile zerschnitten und dann jedes einzelne Stück mit seinem Messer aufgespießt und sich in den Mund geschoben. Wie ein Pirat! Und einmal hat er mich sogar berührt. Mit dem kleinen Finger. Er wollte gerade nach der Butter greifen. Ich auch. Es war wie ein elektrischer Schlag. Ja, im Ernst, Lea! So ähnlich habe ich mich mal als Kind gefühlt, als ich einen Finger in die Steckdose gehalten habe. Meinst du, er liebt mich auch?«

»Nein.«

»Aber das wird sich vielleicht bald ändern. Ich glaube, ich bin ihm nicht besonders unsympathisch. Jedenfalls hat er nur einen einzigen blöden Witz über mich gemacht. Was glaubst du, was das zu bedeuten hat?«

»Dass ihm keiner mehr eingefallen ist«, antworte ich. »Meine Güte, was findest du denn so toll an meinem Bruder?«

Diese Frage hätte ich lieber nicht stellen sollen. Denn Stefanies Antwort nimmt einfach kein Ende. Irgendwann setze ich mir meinen Kopfhörer auf, werfe eine CD ein und drehe die Lautstärke fast bis zum Anschlag auf. Stefanie hört trotzdem nicht auf zu reden.

Gegen halb zehn fange ich an zu gähnen. Als ich aufstehe und rausgehen will, fragt Stefanie: »Wo willst du denn hin?«

»Aufs Klo und anschließend ins Bad, um mir die Zähne zu putzen. Ich bin todmüde.«

»Ich komme mit.«

»Blödsinn! Du kannst doch nach mir gehen.«

»Bist du verrückt, Lea? Weißt du, was passiert, wenn mir dein Bruder draußen im Flur über den Weg läuft? Ich würde vor Schreck glatt in Ohnmacht fallen.«

»Na und? Dann würde dich Simon in sein Zimmer tragen

und dich ganz schnell wieder aus der Ohnmacht erwecken.«

Sogar beim Zähneputzen hört Stefanie nicht auf zu quatschen. Wie soll ich bloß ihr Mundwerk abstellen, damit ich in Ruhe schlafen kann? Soll ich ihr von Felix und den 140 Euro erzählen? Dann hätte sie was zum Grübeln beim Einschlafen. Aber wahrscheinlich würde es sie nicht sonderlich schocken, dass ihr geliebter Simon sich schon mal als Straßenräuber betätigt hat. Ja, vermutlich würde sie die ganze Aktion irgendwie süß finden. Darum behalte ich die Sache auch lieber für mich.

»Gute Nacht!«, sage ich gähnend, nachdem ich das Licht meiner Nachttischlampe ausgeknipst habe. »Bist du auch so müde wie ich?«

»Nein. Immer, wenn ich im Schlafsack liege, bin ich hellwach.«

»Schlaf trotzdem gut!«

»Du auch.«

Eine Minute lang ist es mucksmäuschenstill im Zimmer. Dann fragt Stefanie: »Hat er wirklich noch nie eine Freundin gehabt?«

»Wer?«

»Na wer wohl? Bestimmt nicht unser Erdkundelehrer!«

»Lass mich jetzt mit Simon in Ruhe!«, bitte ich meine Freundin. »Tagsüber ist er schon anstrengend genug.«

»Wie meinst du das?«

»Gute Nacht!«, fauche ich und drehe mich zur Wand.

Erstaunlicherweise gibt Stefanie tatsächlich keinen Laut mehr von sich. Ich rolle mich zusammen, um endlich in aller Ruhe noch einmal das Gespräch mit Malte heute Vormittag auf dem Schulhof durchzugehen. Dummerweise funkt Felix dazwischen.

Nicht zu fassen: Ich kann meine Gedanken nicht auf Malte konzentrieren, weil dauernd dieser reiche Schönling in meinem Kopf herumspukt. Was soll das? Bin ich etwa in alle beide verknallt?

Plötzlich klopft jemand an die Tür.

»Das ist Simon!«, zischt Stefanie mir zu. »Lass ihn bloß nicht rein!«

»Wieso nicht? Weil du gerade nicht nackt im Zimmer stehst?«

Es klopft erneut.

»Schlaft ihr schon?«, fragt meine Mutter von draußen.

»Fast«, antworte ich.

»Komm mal raus, Lea! Da ist ein Anruf für dich.«

»Von wem?«

»Irgendein Junge.«

Prompt rast mein Herz drauflos.

»Was für ein Junge?«, will Stefanie wissen und knipst meine Nachttischlampe wieder an.

Wortlos schlüpfe ich in meine Hausschuhe und verschwinde aus meinem Zimmer. Meine Mutter hat das Telefon auf die Treppe gelegt und ist wieder nach unten ins Wohnzimmer verschwunden.

»Hallo?«

Meine Stimme zittert so sehr, als käme ich nicht aus dem Bett, sondern aus der Tiefkühltruhe.

»Guten Abend! Hier ist Malte. Stör ich gerade?«

»Nein.«

Hastig flüchte ich ins Badezimmer und schließe die Tür ab. Niemand darf mich belauschen. Vor allem nicht Stefanie.

»Hast du morgen Zeit?«, fragt Malte. »Um halb sieben?«

»Morgens?«

Er lacht. »Natürlich! Weißt du, mit welchen Farben dich der Wald überrascht um diese Uhrzeit? Du musst schon eine sehr gute Kamera haben, um alle Nuancen ins Bild fassen zu können.«

»Äh –«

»Also was nun?«, brummt er ungeduldig. »Wenn du willst, treffen wir uns um halb sieben in Gerresheim. Auf dem Gerricusplatz beim Brunnen. An der alten Kirche. Weißt du, wie du da hinkommst?«

»Ja.«

»Aber sei bitte pünktlich! Ich warte nicht gern.«

»Ich auch nicht.«

»Schönen Abend noch! Ciao!«

»Tschüss!«

Ehe ich das Badezimmer verlasse, werfe ich einen Blick in den Spiegel. Wusste ich's doch: Ich bin knallrot geworden! Hoffentlich hat Stefanie kein Nachtsichtgerät dabei.

Als ich zurück ins Zimmer komme, mache ich sofort das Licht wieder aus.

»Wer war dran?«

»Ein Freund von Oliver. Dieser Blödmann hat ihm meine Nummer gegeben.«

»Was wollte er denn von dir?«, bohrt Stefanie weiter.

»Das, was alle Jungs von Mädchen wollen: ein paar saftige Schimpfwörter und jede Menge Beleidigungen. Als mir nichts mehr einfiel, hab ich einfach aufgelegt.«

»Echt?«

»Übrigens, Stefanie: Ich muss morgen um halb sechs aufstehen!«

»Sehr witzig! Morgen ist Samstag.«

»Na und?« Im Dunkeln stelle ich den Wecker. »Spätestens um sechs Uhr bin ich weg.«

»Ich glaube dir kein Wort!«

»Dann lass es bleiben«, gebe ich schnippisch zurück. »Falls dich morgen früh jemand mit einem Guten-Morgen-Kuss weckt, bin ich es leider nicht, sondern mein Bruder.«

»Super!«, jubelt Stefanie.

»Oder mein Vater.«

»Igitt!«

10. Kapitel

Ich bin todmüde und furchtbar aufgeregt. Stefanie ist todmüde und furchtbar wütend.

»Das kannst du mir nicht antun, Lea!«, wiederholt sie nun schon zum zehnten Mal mit gedämpfter Stimme. Sie sitzt aufrecht im Schlafsack, die Arme über der Brust verschränkt. Ihre rote Mähne sieht so zerzaust aus, als hätten heute Nacht ein paar Mäuse darin Nachlaufen gespielt. »Ich hab mich schon so sehr auf das Frühstück gefreut!«

»Jetzt hör endlich auf mit dem Gejammer!«, versuche ich sie zum Schweigen zu bringen. »Du kannst ruhig hier frühstücken, okay? Niemand schmeißt dich raus!«

»Doch: du!«

»Ach Quatsch!«

»Meinst du, ich setze mich ohne dich an euren Küchentisch? Nie im Leben! Dann würde Simon denken, dass ich –«

»Der denkt nicht!«, unterbreche ich sie. »Schon gar nicht kurz nach dem Aufstehen.«

»Wo willst du überhaupt hin?«

»Hab ich dir doch schon gesagt«, erwidere ich genervt. »Jetzt sei mal wenigstens drei Minuten still, damit ich mich auf meine Klamotten konzentrieren kann.«

Seit einer Viertelstunde stehe ich schon vor meinem offenen Kleiderschrank. Was soll man anziehen, wenn man sich mit einem Jungen trifft? Um halb sieben Uhr morgens? Im Wald? Einen Safarianzug?

»Vielen Dank, dass du dich so toll um deinen Gast kümmerst!«, meckert Stefanie weiter. »Sobald du weg bist, packe ich meine Sachen und haue ebenfalls ab! Das war wirklich ein großartiger Besuch. Abends durfte ich nicht mit dir reden, weil du müde warst, und morgens darf ich nicht ausschlafen, weil du spazieren gehen willst.«

»Ich gehe nicht spazieren, ich gehe in den Wald.«

»Wozu?«

»Fotos machen. Wie oft soll ich dir das noch erklären? Um diese Uhrzeit ist das Licht am besten. Wenn die Fotos gut werden, mache ich vielleicht mit bei einem Wettbewerb.«

»Verdammter Mist!« Stefanie rauft sich die Haare. »Das ist doch alles totaler Schwachsinn! Ich glaube dir kein einziges Wort. Du interessierst dich überhaupt nicht fürs Fotografieren. Kein bisschen!«

»Woher willst du das wissen?«

»Ich weiß alles über dich! Ich bin nämlich deine beste Freundin. Nein, ich *war* deine beste Freundin. Bis zu diesem Morgen!«

Grummelnd verkriecht sie sich in ihren Schlafsack und zieht den Reißverschluss bis zu ihren Wimpern hinauf.

Ich werfe einen Blick auf die Uhr. Schon zehn vor. Ohne weiter zu überlegen, hole ich ein weißes Sweatshirt, einen langen grauen Rock und Unterwäsche aus dem Schrank und mache mich auf dem Weg ins Badezimmer.

Als ich fertig angezogen die Treppe runtergehe, ist es bereits zehn nach sechs. Zum Frühstücken reicht die Zeit nicht mehr. Außerdem muss ich noch den riesigen Wohnzimmerschrank nach dem Fotoapparat absuchen. Ich entdecke ihn hinter einem Stapel Kochbüchern.

Draußen auf der Straße bekomme ich sofort eine Gänsehaut. Das liegt allerdings weniger an der bevorstehenden Verabredung mit Malte, sondern an der Temperatur. Warum ist es so eisig kalt? Wo bleibt die Sonne?

In der Straßenbahn friere ich immer noch. Inzwischen ist es schon zwanzig vor sieben.

»Aber sei bitte pünktlich! Ich warte nicht gern«, hat Malte gestern Abend gesagt.

Tja, nun wird er halt doch warten und sich gleich von mir die Geschichte anhören müssen, wie unsere Straßenbahn von einem Besoffenen auf den Gleisen am Weiterfahren gehindert worden ist. Das Lügen fällt mir seit ein paar Tagen erstaunlich leicht. Vermutlich auch deshalb, weil ich aus lauter Bequemlichkeit ständig dieselben Lügen benutze. Zum Beispiel die mit dem Fotowettbewerb. Erst habe ich sie Felix, dann Malte und vorhin Stefanie aufgetischt. Allmählich kommt es mir so vor, als würde ich *tatsächlich* bei diesem Wettbewerb mitmachen, weil ich nun schon so oft von ihm geredet habe.

Mit dem Rucksack auf dem Schoß sitze ich in der leeren Bahn und schaue aus dem Fenster. Ganz schön blöd von mir, den Anorak im Schrank zu lassen! Der lange Rock, unter dem meine Turnschuhe verschwinden, ist sicher auch nicht die passende Kleidung für einen Abstecher in den Wald. Wie ich Malte kenne, wird er bestimmt nicht auf den Wegen bleiben, sondern kreuz und quer durch die Gegend latschen.

Wie ich Malte kenne . . .

Klingt das nicht eigenartig? Ich kenne ihn doch gar nicht! Zwei, drei Minuten lang habe ich im Mädchenklo mit ihm geredet. Und eine Minute lang gestern in der Pause, als er auf der Mauer neben dem Eingang saß. Und höchstens zwei Minuten lang gestern am Telefon. Ich treffe mich also gleich mit einem Jungen, mit dem ich mich insgesamt nicht mal zehn Minuten lang unterhalten habe. Mit einem wildfremden Typen, der noch dazu drei Jahre älter ist als ich. Vielleicht führt er mich gleich hinter dichtes Gebüsch und fällt dann über mich her. Es kann doch sein, dass er völlig durchgeknallt ist. Wer Blätter kaut, ist ja wohl nicht ganz normal, oder? Und was will ich überhaupt von ihm? Seine Freundin werden? Sechzehnjährige Jungs verlieben sich nicht in dreizehnjährige Mädchen. Aber wieso hat er sich dann mit mir verabredet?

All diese Gedanken wirbeln auf der Fahrt in meinem Kopf herum. Um Stefanie hingegen mache ich mir keinerlei Sorgen. Wetten, dass sie immer noch im Schlafsack liegen wird, wenn ich in ein paar Stunden zurück nach Hause komme? Und dass sie dann immer noch meine beste Freundin sein wird?

Es ist fünf vor sieben, als ich in Gerresheim aus der Bahn steige und mich auf den Weg zum Gerricusplatz mache. Die ersten Sonnenstrahlen stehlen sich zwischen den Häusern hindurch, verbreiten aber leider keine Wärme. Mit eiligen Schritten nähere ich mich der Kirche. Von Malte ist weit und breit nichts zu sehen. Auch nicht am Brunnen.

Tja, da bin ich wohl völlig umsonst so früh aufgestanden und habe mich auf den Weg hierher gemacht. Die ganze Grübelei in der Bahn hätte ich mir auch sparen können. Malte hat bestimmt auf mich gewartet und ist dann spätestens nach einer Viertelstunde wieder abgehauen. Ich glaube kaum, dass er mich jemals wieder anrufen wird, um ein Treffen vorzuschlagen. Und auf dem Schulhof werde ich ab sofort Luft für ihn sein. Na ja, vielleicht ist das auch besser so. Auf ein Happyend hätte ich sowieso nicht hoffen können. Egal. Davon geht die Welt nicht unter. Und außerdem gibt es ja noch Felix . . .

»Tut mir Leid!«

Ich drehe mich erschrocken um.

»Ich habe verschlafen!«

Das sieht man Malte an. Zum Kämmen hat er keine Zeit mehr gehabt. Und die Augen kriegt er kaum auf. Ob sie heute schon mit Wasser in Berührung gekommen sind?

»Ich hasse unpünktliche Leute«, sagt er mit einem gequälten Lächeln. »So was ist mir noch nie passiert. Echt peinlich! Wieso hast du so lange auf mich gewartet?«

Ich zucke mit den Schultern, weil ich nicht weiß, was ich sonst sagen soll.

Er nickt und marschiert dann wortlos davon. Ich folge ihm.

In der rechten Hand hat er eine Leinentasche, in der etwas knistert, wenn er sie im Gehen mit dem Knie berührt. Was da wohl drin sein mag? Ich könnte ihn danach fragen, aber irgendwas stimmt mit meiner Zunge nicht. Sie fühlt sich so schwer an, dass ich sie kaum bewegen kann. Zum Glück bleibt Malte ebenfalls stumm. Zunächst jedenfalls. Doch nachdem wir um die Kirche gebogen sind, die letzten Häuser hinter uns gelassen haben und nur noch wenige Meter vom Wald entfernt sind, fragt er: »Wie alt bist du?«

Die Frage gefällt mir nicht. Meiner Zunge ebenfalls nicht. Sie weigert sich darauf zu antworten.

»Hast du was an den Ohren? Ich hab gefragt, wie alt du bist.«

»Wieso?«

Erstaunlich, dass ich meine Zunge wieder zum Leben erwecken konnte!

»Wegen deiner Haut«, sagt Malte. »Du hast keinen einzigen Pickel. Haut ist eins meiner Hobbys. Vor allem meine eigene Haut. Ernährst du dich nach einem bestimmten Plan?«

»Ja.«

»Und was ist das für ein Plan?«

»Das ist der Ich-esse-alles-was-mir-schmeckt-Plan«, antworte ich. »Ich bin übrigens dreizehn.«

»Ach so!«, meint er leicht enttäuscht. »Und ich dachte, du

bist schon mitten in der Pubertät und hättest genau wie ich ein Problem mit deinen Pickeln.«

Ich mustere ihn von der Seite. Seine blasse Haut ist so rein, dass ich nicht mal einen Mitesser erkennen kann. »Welches Problem hast du denn mit Pickeln?«

»Dass ich keine bekomme. Ich kann futtern, was ich will, aber meine Haut stellt einfach keine Verbindung zu meiner Verdauung her.«

»Frisst du deshalb auf dem Schulhof die Blätter von den Sträuchern?«, erkundige ich mich. »Willst du dadurch unbedingt Akne bekommen?«

»Nein, die Blätter gehören zu einem anderen Experiment. Unser Magen kann viel mehr vertragen, als wir glauben. Das meiste, was wir ekelhaft und ungenießbar finden, ist für unsere Verdauung überhaupt keine Herausforderung. Ein Löffel Zucker dagegen stellt sie vor viel größere Probleme. Außerdem hab ich dir schon mal gesagt, dass ich die Blätter nur gekaut und nicht gegessen habe.«

Mittlerweile haben wir den Wald erreicht und steigen einen schmalen Weg empor. Obwohl es im Schatten der Bäume noch kühler ist als eben auf der Straße, wird mir vom Gehen schnell warm. Der Weg ist ziemlich steil. Ich muss mit einer Hand meinen Rock hochheben, um nicht darüber zu stolpern. Malte redet über Magensäfte und die Bauchspeicheldrüse und den Dickdarm. Anscheinend ist das alles für ihn so spannend wie für mich ein Thriller über einen Serienkiller.

Plötzlich bleibt er stehen, sieht mich erstaunt an und fragt: »Wann fängst du denn an?«

»Womit?«

»Mit den Fotos. Oder hast du gar keine Kamera dabei?«

»Doch.«

Ich schnüre meinen Rucksack auf und hole den Apparat heraus. Malte nimmt ihn mir aus der Hand.

»Wie alt ist das Ding?«, wundert er sich. »Funktioniert der Apparat überhaupt noch?«

»Klar!«

Er gibt ihn mir zurück. »Den hast du aus einem Museum geklaut, stimmt's?«

»Was soll ich denn knipsen?«, frage ich.

»Alles.« Ganz langsam dreht er sich einmal um die eigene Achse und murmelt: »Ist es hier nicht wunderschön? Und so sagenhaft still. Wenn ich dich jetzt erwürgen würde, dann würden nur ein paar Eichhörnchen deine Hilfeschreie hören. Aber keine Angst, vor dem Frühstück bringe ich niemanden um. Hast du Hunger?«

Er bückt sich, rupft ein paar Blätter ab und gibt mir eins davon. Um mich zu ermutigen, beißt er selbst in eins hinein.

»Lecker! Das ist Sauerampfer. Probier mal, das schmeckt richtig gut!«

Zögernd knabbere ich ein winziges Stückchen ab und beiße darauf herum. Es schmeckt, wie es heißt: sauer. Ich zwinge mich dazu, es hinunterzuschlucken.

»Und?«, fragt Malte. »War es schlimm?«

»Das werde ich nachher auf der Toilette feststellen.«

Er winkt ab. »Deine Verdauung wird überhaupt nicht davon beeinflusst werden. So, jetzt solltest du endlich knipsen! Oder gefällt dir das Licht nicht?«

»Doch.«

Ich fummle an der Kamera herum, die ich bisher nur zweimal benutzt habe, und schaffe es schließlich, ein paar Fotos zu machen. Vor allem von Baumstämmen. Malte ist inzwischen neben einem Ameisenhügel in die Hocke gegangen.

»Alles, was diese kleinen Viecher tun, sieht unheimlich wichtig aus«, meint er. »Dagegen kommt mir das, was wir so jeden Tag erleben, richtig langweilig vor. Oder gibt's in deinem Leben irgendwas ganz Besonderes?«

»Allerdings. Mein Bruder hat einem Jungen auf der Straße 140 Euro abgenommen. Ich sollte sie dem Jungen wieder zurückgeben. Aber ich hab's nicht getan.«

»Warum nicht?«

Bin ich noch ganz dicht? Wieso verrate ich ausgerechnet Malte die Sache mit Felix? Von der ich noch nicht mal meinen besten Freundinnen ein Sterbenswörtchen anvertraut habe.

»Warum nicht?«, wiederholt Malte, ohne den Blick vom Ameisenhügel zu wenden.

»Weil dieser Junge – wie soll ich sagen –, er ist irgendwie nett.«

»Hm.«

»Als ich vor ihm stand und ihm das Geld geben wollte, war ich wie gelähmt. Ich konnte es einfach nicht tun. Ich dachte, er würde dann nichts mehr mit mir zu tun haben wollen. Und jetzt weiß ich nicht, wie ich die Sache zu Ende bringen soll.«

Malte runzelt die Stirn. »Das dürfte doch nicht so schwer sein. Erzähl ihm genau das, was du mir eben erzählt hast. Wenn er wirklich so nett ist, wie du glaubst, wird er dich verstehen. Wenn nicht, dann ist er halt nicht nett und kann dir deshalb völlig gleichgültig sein.«

»Klingt gar nicht so dumm.«

»Jetzt knips bitte weiter, ich muss gleich nach Hause. Die warten schon alle auf mich.« Er wendet dem Ameisenhügel den Rücken zu und schwenkt die Leinentasche. »Hier drin sind frische Brötchen und Schokocroissants, die ich zum Frühstück mitbringen soll.«

»Und mir bietest du Sauerampfer an?«

Malte lacht. »Der ist viel gesünder als Croissants.« Er zeigt auf meinen Fotoapparat. »Kann ich die Bilder denn mal sehen, wenn sie fertig sind?«

»Nein«, antworte ich. »Die sind bestimmt nichts geworden.«

»Woher willst du das jetzt schon wissen?«

Weil gar kein Film im Apparat steckt.

11. Kapitel

Eine Viertelstunde später sitze ich in der Straßenbahn und winke Malte zu. Er winkt zurück. Lächelnd. Ich spüre trotzdem nichts. Kein Kribbeln im Bauch. Keine Gänsehaut auf dem Rücken. Meine erste Verabredung mit einem Jungen. Sauerampfer. Jede Menge Informationen über Verdauung und Ameisen. Sehr romantisch!

Die Bahn biegt um die Ecke. Gähnend recke ich die Arme in die Höhe und strecke mich. Dann grinse ich mein Spiegelbild in der Scheibe an. Warum?

Ich schließe die Augen. Zum Nachdenken habe ich jetzt keine Lust. Was ist Liebe? Mir doch egal. Bin ich in Malte verknallt? Keine Ahnung. Wie geht es jetzt weiter? Mal sehen. Warum hab ich Malte von Felix erzählt? Darum. Werde ich seinen Rat befolgen und Felix morgen das Geld zurückgeben? Weiß ich noch nicht.

Beim Aussteigen muss ich schon wieder gähnen. Ich beschließe mich gleich noch mal hinzulegen. Ob Stefanie noch schläft? Oder sitzt sie gerade am Frühstückstisch? Auf Simons Schoß?

Nein, außer meinem Vater ist niemand in der Küche. Er sieht mich erstaunt an, als ich hereinkomme.

»Ich dachte, du liegst noch im Bett, Lea!«, begrüßt er mich. »Wo warst du denn?«

»Im Wald. Wir müssen Sauerampfer pflücken. Für den Biounterricht.«

Wieder eine Lüge! Spaßeshalber sollte ich mal zählen, wie viele wahre Sätze heute noch über meine Lippen kommen. Mehr als ein Dutzend dürfte es bestimmt nicht sein.

»Hättest du das nicht heute Nachmittag erledigen können?«, fragt er. »Und warum ist Steffi nicht mitgekommen?«

»Erstens heißt sie Stefanie und zweitens wollte sie heute ausschlafen.«

»Und drittens ist sie schon um sieben Uhr abgehauen«, erfahre ich von meinem Vater. »Deine Mutter wollte ihr noch Frühstück machen, ehe sie zur Arbeit fuhr, aber Steffi hat nur den Kopf geschüttelt und ist gegangen. Habt ihr euch gestritten?«

»Nicht richtig.«

Inzwischen habe ich eine Schüssel, einen Löffel und das Müsli aus dem Schrank geholt.

»Wie sieht Sauerampfer denn aus?«, fragt mein Vater. »So ähnlich wie Löwenzahn? Lass doch mal sehen!«

»Ich habe keinen gefunden«, antworte ich, setze mich auf meinen Platz und greife nach der Müslipackung.

»Warum nicht?«

Seufzend stelle ich die Packung wieder hin und stehe auf. Wenn mein Vater nicht aufhört mir Fragen zu stellen, kann ich nicht aufhören zu schwindeln. Weil ich mir jedoch nicht mehr beim Lügen zuhören möchte, entschließe ich mich zur Flucht in mein Zimmer.

»Wo willst du hin?«, ruft er mir hinterher.

»Schlafen.«

Immerhin ein erster wahrer Satz!

Den restlichen Vormittag verbringe ich im Bett. Nach dem Aufstehen werfe ich den Computer an und gehe ins Internet. Eine Mail für mich.

> HaHaHa, 13!
> na, hattest du viel zu lachen bei deinem date mit diesem seltsamen vogel? wenn nicht, dann solltest du dich mal mit MIR

verabreden. das ist witziger als ein fernsehabend mit den besten komikern. das schwöre ich dir. wie auf zigarettenpackungen sollte auf meiner stirn eine warnung stehen: ACHTUNG! BEI EINER BEGEGNUNG MIT DIESEM TYPEN KÖNNTEN SIE SICH TOTLACHEN!

oder hast du gar nicht auf mich gehört? oder hat der kerl es abgelehnt, vor deiner kamera modell zu stehen? oder hattest du zu viel schiss, dich mit ihm zu verabreden? kann ja sein. also falls du tatsächlich angst hast, mit jungs zu quatschen, dann bin ich genau der richtige für dich. bei mir kommst du nämlich niemals zu wort. damit deine lippen trotzdem nicht einschlafen, darfst du sie ruhig für was anderes benutzen. zum beispiel zum küssen.

was machst du heute? und morgen? hast du schon was vor? ich bin zwar schon ziemlich ausgebucht an diesem wochenende, aber wenn du mich unbedingt sehen willst, sag ich dafür einfach ein anderes date ab. das würde ich echt für dich tun. deine mails haben nämlich dafür gesorgt, dass ich mich total in dich verknallt habe. ja, tatsache! ich habe sie schon so oft durchgelesen, dass ich sie auswendig kenne. wann darf ich treten? in dein leben, meine ich? wir zwei könnten ein tolles paar werden.

also, melde dich so schnell wie möglich

und sag bescheid, wann und wo wir uns treffen können.
deep in love –
oliver

Meine Antwort tippe ich umgehend in den Computer:

hi, oliver!
ja, ich habe auf deinen rat gehört und dem jungen von dem fotowettbewerb erzählt. er war gleich feuer und flamme. heute morgen haben wir uns im hofgarten getroffen. das licht war super. der junge auch. es würde mich nicht wundern, wenn er mal ein berühmtes model werden würde. er sieht unheimlich gut aus und hat sich wie ein profi vor der kamera bewegt.
geredet haben wir zwar ziemlich viel, aber gesagt haben wir eigentlich recht wenig. ich meine über gefühle und so. inzwischen blicke ich überhaupt nicht mehr durch. woran kann ich erkennen, ob er mich mag? und vor allem: woran kann ich erkennen, dass ich ihn mag? ich muss zwar ständig an ihn denken, aber das heißt ja wohl nicht, dass ich ihn liebe. im moment muss ich auch dauernd an meinen bruder denken, und den liebe ich garantiert nicht.
tut mir leid, aber für eine verabredung habe ich heute und morgen keine zeit. ich muss büffeln. für eine klassenarbeit.
ein schönes wochenende wünscht
HHH13

Kaum habe ich die Mail abgeschickt, tönt die Stimme meiner Mutter durchs ganze Haus: »Essen kommen!«

Beim Mittagessen werden mir zum Glück keine Fragen serviert, sondern Kartoffeln, Möhren und eine Bratwurst. Mein Vater klagt über seine Rückenschmerzen, die ihn daran hindern, heute Nachmittag einem Freund beim Aufbau seines Kleiderschranks zu helfen. Mein Bruder rät ihm mit Yoga anzufangen. Er hat gestern im Fernsehen eine Sendung darüber gesehen.

»Lief nichts auf MTV?«, fragt mein Vater, worauf Simon mit verächtlicher Miene antwortet: »Mein geistiger Horizont ist nicht ganz so beschränkt, wie ihr glaubt, Leute! Wenn ihr wüsstet, wofür ich mich so alles interessiere, würdet ihr ganz schön staunen.«

Ich verkneife mir jeglichen Kommentar dazu. Streitereien mit meinem Bruder sind das Allerletzte, was ich im Moment gebrauchen könnte. Dass ich immer wieder an Simon denken muss, war einer der wenigen ehrlichen Sätze in meiner Mail an Oliver. Diese blöden 140 Euro! Sie stecken immer noch in meiner Jeans. Wieso habe ich sie Felix nicht einfach in die Hand gedrückt, nachdem er seine Haustür geöffnet hatte? Danach hätte ich mich wortlos umdrehen und verschwinden sollen. Ja, genau das hätte ich getan, wenn Felix hässlich wäre. Nur weil so ein Schönling vor mir stand, habe ich dermaßen schwachsinnig reagiert. Und darum habe ich jetzt Probleme. Welche meiner beiden Firmen ist mir im Moment wichtiger? Die Lea-Lamprecht-Liebesangelegenheiten-GmbH? Oder etwa doch die Lea-Lamprecht-Diebesangelegenheiten-GmbH?

Nach dem Essen nehme ich das Telefon mit hinauf in mein Zimmer. Vor dem Anruf bei Stefanie schaue ich kurz nach, ob Oliver mir schon geantwortet hat. Fehlanzeige! Ich habe nur eine Kettenmail von Ulrike bekommen.

Stefanies Mutter hebt ab.

»Hallo, hier ist Lea. Ist Stefanie da?«

»Ja. Aber ich weiß nicht, ob sie mit dir reden will. Worüber habt ihr euch denn gestritten?«

»Über einen Waldspaziergang.«

»Wie bitte?«

»Können Sie bitte mal fragen, ob –«

»Einen Moment!«

Stille. Mindestens eine Minute lang. Stefanies Mutter muss die Hand auf die Sprechmuschel gelegt haben.

»Was willst du?«, faucht Stefanie mich plötzlich an.

»Mich entschuldigen.«

»Wofür?«

»Na ja, für heute Morgen. Ich hätte dir die Wahrheit sagen sollen. Ich war nicht im Wald wegen irgendwelchen Fotos, sondern wegen einem Jungen.«

»Hab ich mir doch gleich gedacht!«, erwidert sie schnippisch. »Aber wieso hast du mich angelogen?«

»Weiß ich auch nicht.«

»Was für ein Junge war das denn?«

Ich will ihr die Wahrheit sagen, aber etwas in mir sträubt sich dagegen.

»Das war der Junge, der gestern Abend angerufen hat«, antworte ich.

»Dieser Freund von Oliver?«

»Ja, genau!«

Stefanie lacht. »Und? Wie war's? Wieso wollte er dich unbedingt im Wald treffen? Und warum zu dieser komischen Uhrzeit?«

»Weil er ein komischer Vogel ist! Weißt du, was er mir zum Futtern angeboten hat? Sauerampfer!«

»Ekelhaft!«

»Ach, es schmeckte gar nicht so schlecht.«

»Wirklich?«, fragt sie ungläubig nach. »Dieses Zeug würde ich nicht mal mit den Fingerspitzen anrühren, geschweige denn mit der Zunge. Apropos: Was ist denn sonst noch so passiert? Habt ich euch geküsst?«

»Nein. Er hat mir was von seinen Rückenschmerzen erzählt. Und dass er Yoga macht. Und dass er –«

»Ja?«

Um Stefanie und vor allem mir selbst weitere Lügen zu ersparen, tue ich so, als hätte mich meine Mutter soeben zum Mittagessen gerufen. Ich verabschiede mich schnell von ihr und beende die Verbindung.

Kopfschüttelnd starre ich das Telefon in meiner Hand an. Nicht zu fassen! In den letzten fünf Jahren habe ich Stefanie nicht halb so viele Lügen aufgetischt wie in den letzten fünf Minuten. Was ist bloß los mit mir? Ob das Geld dran schuld ist? Dann sollte ich es so schnell wie möglich loswerden.

Okay, damit steht mein Schlachtplan für morgen also fest: Felix kriegt seine 140 Euro!

Erleichtert darüber, dass ich endlich eine Entscheidung getroffen habe, setze ich mich an meinen Computer, um ein wenig im Netz zu surfen. Doch erst lese ich eine Mail von Oliver.

> hi!
> du bist hhh13. seit deiner letzten mail bin ich weinweinwein14. ja, ich habe echt geheult, weil du so von diesem supermodel geschwärmt hast. nein, gegen diesen boygroup-boy komme ich nicht an. jedenfalls nicht äußerlich. aber zählen für dich nicht die inneren werte? zum beispiel meine leberwerte. die sind echt gut. mein

herz ist auch okay. es klopft regelmäßig und schlägt nur für dich.
schon gut, ich hör auf mit meinem geschwätz! statt schwachsinn zu tippen, suche ich mir lieber einen job und fange an zu sparen. für eine schönheitsoperation. dann hätte ich endlich eine chance bei dir.
viel spaß mit deinen büffeln! (eine klassenarbeit? sind das diese dinger, für die ich immer eine sex bekomme?)
oliver

»Darf ich mal kurz stören?«

Meine Mutter steht in der Tür.

»Komm rein!«, fordere ich sie auf und erhebe mich vom Schreibtisch. »Was gibt's denn?«

»Frag mich lieber, was es *nicht* gibt!«

»Also, was gibt es nicht?«

»Das Gleiche wie immer«, erwidert sie. »Geld. Hat Frau Scherer dich wirklich bezahlt für die letzten Wochen?«

Ich nicke.

»Und du hast tatsächlich das ganze Geld ausgegeben?« Sie durchbohrt mich mit einem forschenden Blick. »Das kann ich beim besten Willen nicht glauben.«

»Hm«, mache ich nur, wende mich ab und schaue aus dem Fenster.

»Du würdest niemals so viel Geld für irgendwelchen Kleinkram rausschmeißen«, fährt meine Mutter fort. »Schließlich weißt du ganz genau, wie knapp wir bei Kasse sind.«

»Hmhm.«

»Ich wollte dich bitten mir was zu leihen. Bis nächste

Woche. Oder übernächste. Ich muss in den Supermarkt. Wie viel kannst du mir geben?«

Ich zucke die Schultern.

»Lea!«

Kurz entschlossen greife ich in meine Hosentasche und fische den erstbesten Schein heraus, den meine Finger zu fassen kriegen. Zufällig ist es ein Fünfziger. Ich drehe mich um und halte ihn Mutter hin. Sie traut ihren Augen kaum.

»50 Euro?«, staunt sie. »So viel hat dir Frau Scherer gegeben?«

»Willst du es oder nicht?«

Sie nimmt den Schein und küsst mich auf die Backe. Auf dieselbe Backe, auf die mich Simon geküsst hat, als ich ihm sagte, wie ich die Sache mit den 140 Euro wieder in Ordnung bringe.

Jetzt habe ich nur noch 90 Euro. Bis morgen brauche ich einen neuen Fünfziger. Oder einen neuen Schlachtplan.

12. Kapitel

Frau Scherer macht nicht auf. Fünfmal habe ich schon bei ihr geklingelt.

Wenn heute ein Wochentag wäre, würde ich mir Sorgen um sie machen. Aber fast jeden Sonntag wird Frau Scherer von ihrem Sohn abgeholt und in ihr Lieblingscafé auf der Königsallee gefahren. Wahrscheinlich sitzt sie gerade vor einem Stück Schwarzwälder Kirschtorte, trinkt einen Schluck Kakao und genießt es, mal einen Nachmittag lang nicht in ihrer Wohnung eingesperrt zu sein.

Ich schaue auf meine Uhr. In einer halben Stunde bin ich mit Felix im Hofgarten verabredet. Dass ich kein bisschen nervös bin, liegt an Malte. Er hat Recht. Wenn Felix wirklich so nett ist, wie ich glaube, würde er verstehen, warum ich ihm das Geld nicht gleich bei unserem ersten Treffen in die Hand gedrückt habe. Er dürfte auch nicht böse auf mich sein, weil mein Bruder ihn beraubt hat. Und er würde es bestimmt akzeptieren, wenn ich ihm erst mal eine Anzahlung von 90 Euro gebe und ihm verspreche die restlichen 50 Euro zu bezahlen, sobald ich sie aufgetrieben habe. Andernfalls hätte ich mich eben in ihm getäuscht und würde ohnehin nichts mehr mit ihm zu tun haben wollen.

Ein letztes Mal drücke ich auf Frau Scherers Klingel und warte. Es könnte sein, dass sie auf der Toilette war und jetzt zur Wohnungstür schlurft, um auf den Summer zu drücken. Doch nichts geschieht.

Ich gehe zu meinem Rad, setze mich auf den Sattel und fahre los. Weil ich noch Zeit habe, trete ich gemächlich in die Pedale. Außerdem will ich nicht ins Schwitzen kommen. Am blauen Himmel ist keine einzige Wolke zu sehen.

Schade, dass ich mit Felix im Hofgarten verabredet bin und nicht im Freibad. In der Badehose würde er bestimmt auch eine gute Figur vor meinem Fotoapparat machen.

Ob er überhaupt kommt? Vielleicht kann er sich an mich und den Treffpunkt und das Datum und die Uhrzeit gar nicht mehr erinnern. Warum sollte es ihm wichtig sein, von mir geknipst zu werden?

Sorgfältig lege ich mir die ersten Sätze zurecht, die ich gleich sagen werde. *Hallo! Ich muss dir was gestehen. Der Typ, der dir die 140 Euro abgenommen hat, ist mein Bruder. Es tut ihm Leid. Hier sind schon mal 90 Euro, den Rest kriegst du so bald wie möglich. Großes Indianerehrenwort!*

Wie Felix wohl auf diese Begrüßung antworten wird? Ehrlich gesagt, bin ich nicht besonders neugierig darauf. Ja, ich wäre heilfroh, wenn er gleich nicht am Grabbe-Denkmal auftauchen würde. Dann träte mein Plan B in Kraft: Ich radle zu Felix und werfe die 90 Euro in seinen Briefkasten, zusammen mit einem Zettel: *Der Rest kommt später.*

Doch als ich um zwanzig nach drei hinter dem Opernhaus in den Hofgarten einbiege, steht dort schon Felix vor dem Denkmal und winkt mir zu.

»Oh Mann, bist du pünktlich!«, ruft er mir lächelnd entgegen. »Und? Wie sehe ich aus?«

Sagenhaft! Er trägt rote Turnschuhe, eine schwarze Hose, ein rotes Hemd und eine coole Sonnenbrille.

Nachdem wir uns die Hände geschüttelt haben, steige ich vom Fahrrad, schiebe es zu einem Baum und schließe es ab. Dann drehe ich mich zu Felix um und lege mit meinen Sätzen los: »Hallo! Ich muss dir was gestehen.«

»Nicht nötig«, meint Felix. »Ich weiß, was du sagen willst.«

»Was denn?«

»Dass du dir die Sache mit dem Fotowettbewerb bloß ausgedacht hast, um dich mit mir zu treffen. Und dass du wahnsinnig in mich verknallt bist.« Lässig schiebt er seine Sonnenbrille auf die Stirn. Seine Augen sind so blau wie der Himmel. »Mach dir nichts draus. Liebeskummer geht schnell vorbei. Aber die Fotos halten ewig. Du hättest dir echt nichts Besseres ausdenken können, um ein Date mit mir zu kriegen.«

»Du bist ja ganz schön eingebildet!«

Felix lacht. »Stimmt. Was ist jetzt mit den Fotos, Lena? Fangen wir an?«

»Ich heiße Lea. Weißt du, was das bedeutet? Die Ermüdete. Die sich umsonst müht.«

»Aha.«

Ich hole den Apparat aus dem Rucksack. Bei seinem Anblick reagiert Felix genau wie Malte. Er nimmt mir das Teil aus der Hand und macht ein paar Witze darüber, die ich nicht ganz mitbekomme. Ich bin zu sehr damit beschäftigt, mich über mich selbst zu ärgern. Wieso habe ich meinen Spruch nicht aufgesagt und ihm die 90 Euro gegeben?

Wenige Minuten später stehen wir mitten auf der Wiese gegenüber von der Tonhalle und Felix zieht eine ganz große Show ab. Wie ein Model posiert er vor der Kamera. Jede Menge Zuschauer bleibt stehen und beobachtet das seltsame Shooting. Wenn die wüssten, dass gar kein Film in meiner Kamera steckt!

Felix genießt es, angegafft zu werden. Immer wieder grinst er drei kichernde, grell geschminkte Mädchen in Miniröcken an. Einmal dreht er ihnen sogar seinen Hintern zu und schwenkt ihn wie eine Bauchtänzerin. Die Mädchen klatschen begeistert in die Hände und gackern so laut wie ein ganzer Hühnerstall.

»Das ist ja ein endloser Film!«, wundert sich Felix plötzlich. »Wie viele Aufnahmen hast du denn schon gemacht?«

»Zwanzig.«

»Wie bitte? Du hast doch schon mindestens hundertmal auf den Auslöser gedrückt.«

»Die Kamera ist nicht ganz in Ordnung«, schwindle ich. »Nicht bei jedem Drücken gibt's ein Foto.«

»Aha.«

Ich knipse weiter. Allerdings weiß ich nun, dass ich bald damit Schluss machen muss, damit Felix keinen Verdacht schöpft.

»Das war das letzte Bild«, behaupte ich irgendwann und lasse die Kamera sinken.

»Hast du keinen zweiten Film dabei?«

Ich schüttle den Kopf. »Leider nicht. Aber die Aufnahmen sind so super, dass ich locker damit den Wettbewerb gewinnen werde.«

»Welchen Wettbewerb? Den gibt es doch in Wirklichkeit gar nicht, stimmt's?«

»Stimmt.«

Jetzt wäre genau die richtige Gelegenheit, mit der Wahrheit rauszurücken.

»Hör zu«, fange ich zögernd an, während ich den Fotoapparat in meinem Rucksack verstaue. »Ich muss dir unbedingt –«

»Halt, stopp!«, unterbricht mich Felix mit erhobenem Arm. »Keine Liebeserklärungen an der frischen Luft. Dafür gibt's Eiscafés. Wo gehen wir hin? Zu Pia?«

»Von mir aus.«

Die drei Mädchen mit den bunten Gesichtern durchbohren mich mit giftigen Blicken, als ich zusammen mit Felix zu meinem Fahrrad schlendere. Dann machen sie sich aus dem Staub.

Auf dem Weg zum Eiscafé schiebe ich mein Rad neben mir her. Anstatt Felix zuzuhören, der nur über sich selbst redet, versuche ich Mut zu sammeln. Gleich im Eiscafé muss ich endlich mit der Wahrheit rausrücken. Und mit dem Geld. Möglich, dass Felix anschließend abhaut und ich für alle Zeiten für ihn gestorben bin. Aber das sollte mir eigentlich egal sein. Hat er sich eben beim Fotografieren nicht als unerträglicher Angeber entpuppt? In so einen eingebildeten Lackaffen könnte ich mich niemals verlieben. Oder?

Das Eiscafé kommt in Sicht. Ich schiebe mein Rad zu einem Fahrradständer und schließe es ab. Dann folge ich Felix ins Café, in dem es nur noch einen freien Tisch in der hintersten Ecke gibt. Felix wird von allen Mädels angeglotzt. Nachdem wir uns auf unseren Stühlen niedergelassen haben, nimmt er die Sonnenbrille ab, schaut sich um und schenkt einigen seiner Bewunderinnen ein huldvolles Lächeln. Die zwei Blondinen am Nebentisch fangen an zu tuscheln und hören nicht mehr damit auf.

»Hast du keine Autogrammkarten dabei?«, frage ich Felix, worauf er allen Ernstes antwortet: »Nein, aber ich sollte mir bald welche drucken lassen. Ist doch unglaublich, wie die mich alle anstarren!«

Kurz darauf stehen zwei gigantische Fruchtbecher vor uns. Leider kann ich das leckere Eis nicht richtig genießen, weil ich pausenlos beobachtet werde. Wahrscheinlich fragen sich alle, warum sich so ein Schönling wie Felix mit einem farblosen Mädchen wie mir trifft. Ja, zugegeben, irgendwie fühle ich mich irrsinnig geschmeichelt. Ob das der Grund dafür ist, dass ich nicht die 90 Euro auf den Tisch lege?

»Bist du öfter hier?«, fragt Felix.

»Nein. Ist mir viel zu teuer.«

»Stimmt«, sagt Felix. »Normalerweise würde ich dich einladen, aber mir ist letztens was ganz Dämliches passiert.«

»Was denn?«

»Ich wurde beraubt. Auf offener Straße. Mitten in der Stadt. Kannst du dir das vorstellen?«

Ich schlucke und hauche: »Ja.«

Ich kann mir auch vorstellen, wie mein Gesicht in diesem Moment aussieht: so rot wie eine Kugel Erdbeereis.

»Ich habe gerade 500 Euro vom Geldautomaten abgeholt, als plötzlich drei Typen um die Ecke bogen und über mich herfielen«, erzählt Felix. »Zwei haben mich an den Armen gepackt und einer rammte mir seine Faust in den Magen. Ich ging zu Boden und bekam noch ein paar Tritte. Erst dann rissen sie mir das Geld aus der Hand. Als ich mich wieder aufrappeln konnte, waren sie natürlich schon verschwunden.«

»Hm.«

»Sonst fällt dir nichts dazu ein?«

Doch, eine ganze Menge. Zum Beispiel die Frage, wer gelogen hat: Felix oder Simon. Aber wie ich Simon kenne, hatte er sicher keine Komplizen. Mein Bruder ist ein echter Einzelgänger. Wenn er Mist baut, dann nur allein.

Wieso schwindelt mir Felix was vor? Weil es ihm peinlich ist, dass ihm ein einziger Junge das Geld abgenommen hat?

»Was hättest du denn gemacht, wenn die nicht zu dritt gewesen wären?«, frage ich ihn rundheraus.

»Wie meinst du das?«

»Na ja, wenn nur ein einziger Junge auf dein Geld scharf gewesen wäre?«

»Der hätte keine Chance gegen mich gehabt«, schnaubt Felix. »Ich kann Judo. In einer Sekunde hätte der auf dem Boden gelegen und um Gnade gewinselt.«

Diese Angeberei ärgert mich so sehr, dass ich ihn wütend anfauche: »Du lügst!«

»Tu ich nicht!«, widerspricht er energisch.

»Tust du doch! Ich habe die ganze Sache in der Zeitung gelesen. Was glaubst du, wie viele Felix Ö. es in Düsseldorf gibt, hä? In dem Artikel wurde der Täter genau beschrieben. Also gab es nur einen und nicht drei. Na, was sagst du jetzt?«

Nichts. Felix hat die Augen gesenkt und rührt verlegen in seinem Eisbecher herum. Mindestens drei Minuten lang schweigen wir uns an. Die Blondinen neben uns bezahlen inzwischen. Beim Aufstehen strahlt eine von ihnen Felix an, was er jedoch nicht bemerkt.

Schließlich lässt er seinen Löffel los und lehnt sich zurück.

»Sorry«, murmelt er kleinlaut. »Ich – äh –, ich nehme es manchmal nicht so genau mit der Wahrheit.«

»Aha.«

»Das heißt, ich bin kein Lügner«, versucht er klarzustellen. »Aber in einigen Situationen –« Er breitet die Arme aus. »Es liegt an dir. An deinem Blick.«

»Wie bitte?«

»Ja, du machst mich nervös. Du siehst mich immer so – so traurig an. Das bringt mich ganz durcheinander. Darum habe ich eben im Hofgarten auch so blöde Sprüche losgelassen, als du aufgekreuzt bist. Sonst bin ich nicht so ein Angeber, glaub mir.«

»Ich mache dich nervös?«

Er nickt. »Bist du denn in mich verknallt oder nicht?«

»Nein«, antworte ich mit erstaunlich fester Stimme.

»Dann bin ich ja beruhigt. Ich dachte schon, du guckst deshalb so traurig, weil du dich mit Haut und Haaren in mich verliebt hast und ich nichts von dir wissen will.«

»So ein Quatsch!«

»Dabei stimmt das gar nicht, dass ich nichts von dir wissen will«, versichert er mir. »Du bist irgendwie – hm –, ja, du bist irgendwie anders.«

»Hm.«

»Hast du eigentlich ein fotografisches Gedächtnis?«, lautet seine nächste Frage.

»Wieso?«

»Wegen dem Artikel. Warum hast du dir so genau gemerkt, was drinstand? Und warum liest du überhaupt Zeitung? Das ist doch stinklangweilig. Wie alt bist du denn?«

»Dreizehn.«

»Echt? Ich hab dich für älter gehalten. Ich werde bald sechzehn.«

Er schaut auf die Uhr. »Sei nicht böse, aber ich muss jetzt ganz schnell los zum Tennisplatz. Mein Onkel will Revanche für letzten Sonntag. Da hatte er keine Chance gegen mich. Und das ist *nicht* gelogen«, fügt er schmunzelnd hinzu und steht auf. »Danke für die Einladung! Bringst du mir am Mittwoch die Fotos vorbei?«

Ich nicke. Beim Händeschütteln zwinkert Felix mir zu. Dann setzt er seine Sonnenbrille auf und eilt hinaus auf die Straße.

Einladung ist gut! Felix hat sein Eis selbst bezahlt. Denn der Zwanziger, den ich der Kellnerin gebe, stammt von seinen 140 Euro. Nachdem ich das Wechselgeld zurückbekommen habe, sind noch 82 Euro davon übrig. Einen Fünfziger habe ich ja gestern meiner Mutter geliehen. Wenn das so weitergeht, habe ich bald nur noch 140 Cent in meiner Hosentasche.

Mit beschwingten Schritten verlasse ich das Eiscafé. Mit diesem Nachmittag bin ich alles andere als unzufrieden. Ich habe zwar nichts von Simon erwähnt und auch nicht das Geld rausgerückt, aber dafür habe ich erfahren, dass ich den hübschesten Jungen von ganz Düsseldorf nervös mache. Und dass ich anders bin.

Anders . . .

Dieses Wort spukt mir auf dem Rückweg ununterbrochen im Kopf herum und sorgt dafür, dass mich ein Mädchen aus meiner Parallelklasse bis in alle Ewigkeiten für eine Vollidiotin halten wird. Denn als ich durch die breite Allee im Hofgarten radle, rast ein schwarzer Dobermann so haarscharf an meinem Rad vorbei, dass ich eine Vollbremsung machen muss und dabei fast vom Sattel kippe.

»Entschuldigung!«, ruft sein Frauchen mir zu, das ich irgendwo schon mal gesehen habe. »Gringo hat gerade ein Eichhörnchen entdeckt. Und deshalb ist er –« Das Mädchen stutzt: »Wir kennen uns doch, oder? Ja, genau: Du gehst in unsere Parallelklasse. Bist du nicht Lea?«

»Nein«, erwidere ich grinsend. »Ich bin anders.«

13. Kapitel

Du hast dich am Samstag mit einem Freund von Oliver getroffen? Im Wald? Um sieben Uhr morgens?«

Mit diesen Fragen begrüßt mich Nadja am Montag, als ich am Lessingplatz ankomme. Ich werfe Stefanie einen giftigen Blick zu.

»Na hör mal, Lea!«, ruft sie mit Unschuldsmiene aus. »Durfte ich Nadja etwa nichts davon verraten?«

»Seit wann haben wir denn Geheimnisse voreinander?«, wundert sich Nadja.

»Seit Stefanie in meinen Bruder verknallt ist«, erkläre ich, worauf mich Stefanie in die Seite boxt.

»Stimmt das?«, will Nadja sofort von ihr wissen.

»Ach Quatsch!«, faucht Stefanie. »Lea hat wohl Schnaps gefrühstückt.«

Wir machen uns auf den Weg zur Schule. Nadja erzählt uns, wie es beim Arzt war und dass ihr Bein nur leicht verstaucht war. Dann fängt sie wieder mit meiner Verabredung im Wald an.

»Sagt bloß Oliver nichts davon«, bitte ich sie und Stefanie. »Wenn er erfährt, wo und wann ich seinen Freund getroffen habe, müsste der arme Kerl sich ständig blöde Witze darüber anhören.«

»Wie heißt er überhaupt?«, will Nadja wissen.

»Felix.«

Ach du Schande! Hätte ich mir keinen anderen Namen ausdenken können? Bald blicke ich selbst nicht mehr durch bei meinen ganzen Phantasiegeschichten.

Zum Glück muss ich mir nicht noch mehr Schwindeleien einfallen lassen, denn Nadja erkundigt sich nicht weiter nach dem Treffen mit Olivers angeblichem Freund. Sie muss nämlich dringend loswerden, wie sie das Wochenende mit Igor verbracht hat.

»Stellt euch vor, Leute: Ich war den ganzen Samstag und den ganzen Sonntag mit ihm zusammen!«

»Echt?«, staune ich. »Wie hast du das denn geschafft?«

»Indem ich einen Stuhl ans offene Fenster gestellt und mir ein dickes Buch aus dem Regal geholt habe. Natürlich habe ich nur so getan, als würde ich lesen. In Wirklichkeit habe ich die ganze Zeit in Igors Zimmer gestarrt.«

»Und was gab es da zu sehen?«, fragt Stefanie.

»Er saß auf seinem Fensterbrett und hat geraucht und getrunken und Comics gelesen und sich die Haare gekämmt und manchmal hat er sogar zu mir rübergeschaut. Gelächelt hat er leider nicht. Aber dafür hat er sich ständig umgezogen. Mindestens zehnmal am Tag. Wahnsinn! Das war eine richtige Modenschau, die er für mich abgezogen hat. Am besten gefiel mir Igor in einer hautengen roten Jeans und einem weißen T-Shirt mit einem bunten Logo vorne drauf.«

Nadja redet weiter, aber ich höre ihr nicht mehr zu. Nur noch wenige Minuten, dann sind wir auf dem Schulhof, wo wir auf keinen Fall Malte über den Weg laufen dürfen. Wenn er mich im Beisein meiner Freundinnen fragt, wie mir der Sauerampfer bekommen ist, würde mein ganzes Lügengebäude mit einem Schlag zusammenbrechen. Dann müsste ich ihnen von Felix erzählen. Und von Simon und den 140 Euro. Und ich müsste ihnen erklären, warum ich ihnen bis jetzt nicht die Wahrheit gesagt hab. Aber das kann ich mir nicht mal selbst erklären. Ich blicke überhaupt nicht mehr durch. Wieso hört Nadja trotzdem nicht auf mich um Rat zu bitten? Eben wollte sie von mir wissen, ob ich an ihrer Stelle einfach mal bei Igor klingeln würde.

Meine Antwort bestand aus einem Schulterzucken. Bei mir ist Nadja an der völlig falschen Adresse mit ihren Liebesproblemen. Sie sollte mich lieber zum Thema Basketball befragen.

Wir kommen auf dem Schulhof an. Ich schaue mich nach allen Seiten um. Von Malte ist nichts zu sehen.

Und das bleibt auch in den beiden Pausen so. Erst nach dem Schlussgong entdecke ich ihn, und zwar im Treppenhaus. Er lehnt mit dem Rücken am Geländer und unterhält sich mit dem riesigen Mädchen, das Oliver letzte Woche auf dem Schulweg angequatscht hat. Sie trägt wie immer einen Minirock und hat ihre schwarze Wuschelmähne zu einem dicken Zopf zusammengebunden.

Mit einem flauen Gefühl im Magen gehe ich an den beiden vorbei. Obwohl ich von Nadja und Stefanie begleitet werde, lächle ich Malte an. Doch der beachtet mich überhaupt nicht, so sehr ist er in das Gespräch mit dem Mädchen vertieft. Ob sie ihm gerade erzählt, wie gerne sie Eichenblätter und Löwenzahn futtert?

Bis zum Lessingplatz überlasse ich meinen Freundinnen die Unterhaltung und schweige vor mich hin. Dass mich Malte nicht bemerkt hat, finde ich nicht so schlimm wie die Tatsache, das ich deswegen total geknickt bin. Bedeutet das vielleicht, dass ich in ihn verknallt bin? Verdammt, ich wünschte, es gäbe ein Buch mit den wichtigsten Liebessymptomen. So wie bei Blinddarmentzündungen: Schmerzen in der linken unteren Magengegend. Wie reagiert unser Körper, wenn wir verknallt sind? Hat das noch niemand erforscht?

»Was ist denn los, Lea?«, fragt mich Nadja beim Abschied. »Hast du deine Zunge verschluckt? Du hast ja kein einziges Wort mehr gesagt.«

»Hm«, mache ich nur.

»Ich komme heute Nachmittag mal vorbei«, schlägt Stefanie vor. »Dann reden wir, okay?«

»Geht leider nicht«, erwidere ich. »Heute ist Basketball.«

»Du gehst wieder hin?«

»Ja.«

Und das war keine Lüge, wie sich zu meiner eigenen Überraschung am Nachmittag herausstellt. Denn nur zwei Stunden später sitze ich tatsächlich auf dem Sattel und radle zum Training. Das verdanke ich meiner Mutter. Sie hat mich vorhin daran erinnert, dass mein Verein Geld kostet. Und dass sie erst Ende des Jahres meine Mitgliedschaft kündigen kann. Bis dahin soll ich gefälligst zum Basketball gehen, damit die drei Euro im Monat nicht zum Fenster rausgeschmissen sind.

Auf den Besuch von Stefanie habe ich keine Lust gehabt, weil sie nur über Simon geredet hätte. An meinen Bruder will ich im Moment so wenig wie möglich erinnert werden. Es ist sogar schon so weit, dass ich ihm nicht mehr in die Augen sehen kann. Und deshalb bin ich richtig sauer auf ihn, jawohl! Wenn er Felix nicht das Geld abgenommen hätte, dann hätte ich jetzt nicht so viel Ärger am Hals. Ich hätte Simon klar machen sollen, dass er sich selbst um seinen Mist zu kümmern hat. So ein Jammer, dass ich kein Einzelkind bin! Dann müsste ich mir auch nicht Stefanies Gesülze über Simon anhören. Jeder benutzt mich als Mülltonne für seine Probleme. Irgendwann ist damit Schluss.

Wie ich die Sache mit den 140 Euro in Ordnung bringen soll, ist mir völlig schleierhaft. Warum ist Felix nicht saublöd zu mir gewesen am Sonntag? Dann wäre es mir völlig egal, was er von mir hält. Aber nein – ich bin immer noch stolz auf die neidischen Blicke, mit denen ich von den zwei Blondinen im Eiscafé und den drei Mädchen im Hofgarten bombardiert wurde! Und vor allem darauf, dass ich anders bin.

Tja, ich bin so anders, dass ich nie die Wahrheit sagen kann . . .

Wie soll ich bloß aus all diesem Schlamassel herauskommen? Irgendwie sollte ich versuchen eine Lüge nach der anderen aus der Welt zu schaffen. Aber womit soll ich anfangen?

Plötzlich weiß ich es, weil ich Oliver entdeckt habe. Vor einem Blumengeschäft auf der anderen Straßenseite. Ich trete auf die Bremse und rufe seinen Namen. Die Autos machen jedoch so viel Krach, dass er mich nicht hört. Bei dem starken Verkehr kann ich auch nicht die Straße überqueren.

Hoffentlich verschwindet Oliver nicht von der Bildfläche. Mit der Mail an ihn hat alles angefangen. Darum will ich auch bei ihm anfangen mit der Wahrheit rauszurücken. Dass HHH13 niemand anderes ist als seine Klassenkameradin Lea, wird ihn bestimmt schrecklich enttäuschen.

Nanu, warum rührt sich Oliver denn nicht von der Stelle? Erst jetzt fällt mir auf, wie zusammengekrümmt er vor dem Schaufenster steht. Hat er Bauchschmerzen? Irgendwas stimmt jedenfalls nicht mit ihm. Das erkenne ich auch daran, wie er sich in Bewegung setzt. Mit hängenden Schultern, die Augen zu Boden gerichtet, schleppt er sich fast so langsam wie Frau Scherer den Bürgersteig entlang. Heute Vormittag in der Schule war er noch so quirlig wie immer. Hat er etwa Drogen genommen?

Neugierig folge ich ihm, natürlich mit dem nötigen Sicherheitsabstand. Etwa hundert Meter weiter biegt er links ein. Ich verliere ihn kurz aus den Augen, weil ich nicht so schnell über die Straße komme. Doch bei Olivers Schildkrötentempo habe ich mich bald wieder an seine

Fersen geheftet. Irgendwann biegt er erneut links ein und dann rechts. Seine Haltung ändert sich kein bisschen.

Am Ende der Straße taucht das Marienhospital auf. Ist das vielleicht Olivers Ziel? Tatsächlich: Er steuert schnurstracks auf den Haupteingang zu und verschwindet im Krankenhaus.

Ich werfe einen Blick auf die Uhr. In zehn Minuten geht das Basketballtraining los. Das schaffe ich niemals. Da ich nicht pünktlich da sein kann, macht es auch nichts, wenn ich mich noch mehr verspäte.

Nachdem ich das Fahrrad abgestellt habe, betrete ich das Krankenhaus. In der Eingangshalle gibt's eine Informationstheke. Ich frage die junge Frau dahinter: »Ich möchte gerne zu Herrn Lötschmann. Auf welchem Zimmer liegt er?«

Sie tippt was in den Computer und schaut dann auf ihren Bildschirm. »Ich kann nur eine Frau Lötschmann finden.«

»Und welche Zimmernummer hat sie?«

Die Frau mustert mich mit ernster Miene. »Bist du mit ihr verwandt?«

»Nein.«

»Dann darfst du sie nicht besuchen. Frau Lötschmann liegt auf der Intensivstation. Außer den engsten Angehörigen darf niemand zu ihr.«

»Aha. Danke.«

Meine Knie zittern, als ich das Krankenhaus verlasse. Gleichzeitig balle ich die Fäuste. Stinksauer bin ich auf Oliver, jawohl! Warum hat er keine Silbe davon erzählt, wie krank seine Mutter ist? Warum macht er ständig blöde Witze, obwohl ihm wahrscheinlich eher zum Heulen zu Mute ist?

Dieser Vollidiot!

Draußen trete ich wütend gegen mein Fahrrad. Es fällt

um. Beim Aufheben verpasse ich ihm einen weiteren Tritt. Ich will es aufschließen, doch dann setze ich mich auf eine der drei Bänke am Eingang und warte.

Dabei denke ich an Olivers Mutter und sehe sie vor mir, wie sie auf dem letzten Schulfest im September Bratwürste verkauft hat. Für jeden Kunden hatte sie einen witzigen Spruch auf Lager. Oliver musste sich hinterher von zig Leuten anhören, dass seine Mutter viel lustiger ist als er. Das fand er alles andere als komisch.

Nur zehn Minuten später verlässt Oliver das Krankenhaus. So blass habe ich ihn noch nie gesehen. Mit aufeinander gepressten Lippen geht er an mir vorbei. Ich traue mich nicht ihn anzusprechen. Ehrlich gesagt, wüsste ich auch gar nicht, was ich ihm sagen soll. Ihn trösten? Ihn beschimpfen, weil er weiterhin in der Schule den Klassenclown spielt? Ihm verraten, wer HHH13 ist?

Ratlos erhebe ich mich von der Bank, schließe mein Rad auf und fahre nach Hause. Basketball ist das Letzte, worauf ich jetzt Lust habe. Ich will mich aufs Bett legen, den Kopfhörer aufsetzen und mein Hirn mit Krach zudröhnen, bis es nicht mehr denken kann.

Als ich vor unserem Haus auf die Bremse trete, kommt meine Mutter gerade mit dem Abfalleimer heraus.

»Was willst du denn schon hier?«, fragt sie erstaunt. »Ist das Training ausgefallen?«

»Nein, ich bin gar nicht erst hingefahren.«

»Und warum nicht?«

»Weil mir Oliver unterwegs begegnet ist. Ich bin ihm bis zum Marienhospital gefolgt. Dort habe ich erfahren, dass seine Mutter eine schwere Operation hinter sich hat. Verstehst du, warum uns Oliver nichts davon erzählt hat?«

Ein ungemütliches Lächeln erscheint auf ihrem Gesicht. »Warum denkst du dir so einen Blödsinn aus, Lea? Gib doch einfach zu, dass du keinen Spaß mehr am Basketball hast.«

»Glaubst du mir etwa nicht?«

Statt mich einer Antwort zu würdigen, öffnet meine Mutter die Mülltonne und leert den Abfalleimer darin aus.

»Ich habe nicht gelogen!«, versichere ich ihr und stampfe mit dem Fuß auf.

Wortlos verschwindet sie im Haus.

Ich hole ganz tief Luft und brülle: »Ich bin keine Lügnerin!«

Na ja, zumindest nicht ständig.

14. Kapitel

Nach dem Abendbrot ruft Stefanie an.

»Kann ich vorbeikommen?«, fragt sie, ohne mich zu begrüßen.

»Wozu?«

»Rate mal! Weißt du, wie lange ich Simon nicht gesehen habe?«

»Genau drei Tage lang.«

»Endlose zweiundsiebzig Stunden!«, verbessert sie mich. »Du hast wirklich keine Ahnung, wie man sich fühlt, wenn man verknallt ist.«

»Stimmt«, gebe ich zu.

»Also, kann ich kommen? Ja oder nein?«

»Nein. Simon ist heute nicht so gut drauf.«

»Hat er irgendwelche Probleme?«, will Stefanie wissen.

»Er möchte unbedingt zum Friseur, hat aber kein Geld.«

»Ich könnte ihm ja die Haare schneiden«, schlägt meine Freundin vor. »Das habe ich schon mal gemacht.«

»Bei wem?«

»Bei meinem Hamster.«

»Und seitdem traut der arme Kerl sich nicht mehr aus dem Käfig«, spotte ich.

Wir wechseln noch ein paar Sätze, dann legt Stefanie enttäuscht auf.

Ich bringe das Telefon zurück ins Wohnzimmer. Meine Eltern sitzen auf dem Sofa, eine Tüte Chips und zwei Gläser Bier vor sich auf dem Tisch, und schauen sich einen Krimi an.

»Gehst du wirklich nicht mehr zum Basketball?«, erkundigt sich mein Vater.

»Doch. Beim nächsten Training bin ich dabei, okay?«

Meine Mutter dreht den Kopf in meine Richtung. »Diesen Unsinn, den du vorhin über Olivers Mutter erzählt hast –«

»Vergiss es!«, unterbreche ich sie genervt und verziehe mich nach oben in mein Zimmer.

Dort setze ich mich an den Computer und lese mir noch einmal alle Mails durch, die Oliver an HHH13 geschrieben hat. Stellenweise sind sie echt komisch. Wie kann Oliver solche guten Witze machen, während seine Mutter schwer krank im Marienhospital liegt? Warum will er das überhaupt?

Es klopft an meiner Tür.

»Herein!«

Simon kommt ins Zimmer, in der Hand ein unförmiges Päckchen, das in Geschenkpapier eingewickelt ist.

»Seit wann klopfst du bei mir an?«, frage ich ihn verdattert. »Und warum hast du keinen Kalender? Mein Geburtstag ist erst in drei Monaten. Und Weihnachten sogar erst in sieben Monaten.«

»Hier!«, sagt er und drückt mir das Teil in die Hand.

»Was soll das sein?«

»Ein kleines Dankeschön. Wegen den 140 Euro. Wenn du mir nicht geholfen hättest … na ja … dann – Auf jeden Fall hatte ich ganz schön die Hosen voll.«

Ich spüre, wie mir das Blut in die Wangen schießt. Und ich spüre ein Brennen auf meinem rechten Oberschenkel. Genau an der Stelle, an der sich meine rechte Hosentasche mit den restlichen 82 Euro befindet. Verlegen suche ich nach Worten, allerdings nicht nach wahren. Ich kann mich unmöglich vor Simon bloßstellen. Aber in diesem Moment wird mir eins klar: Ich muss die Sache mit Felix so schnell wie möglich regeln!

»Nun mach schon auf«, drängt mich Simon.

Mit einem Ratsch reiße ich das Geschenkpapier auf – und halte einen Hintern in den Händen.

»Was – was soll das sein?«

»Der Hintern von Mustafa«, erklärt mein Bruder. »In Gips. Hab ich im Kunstunterricht gemacht. Für dich.«

»Wirklich?«

Er nickt. »Darum hab ich mir auch den schönsten Hintern in der ganzen Klasse ausgesucht. Ich meine den schönsten männlichen Hintern. Klar, am liebsten hätte ich einen Abdruck von Chantals Hintern gemacht.«

»Chantal hätte dich nicht mal an ihren kleinen Zeh gelassen.«

Ich kenne sie, weil sie bei uns in der Nähe wohnt. Sie könnte glatt als die ganz große College-Schönheit in einer amerikanischen Teeny-Komödie mitspielen.

Ich nehme das gipserne Kunstwerk genauer unter die Lupe. »Sieht der Rest von Mustafa denn genauso gut aus wie sein Hintern?«

»Allerdings. Willst du ihn mal kennen lernen?«

»Warum nicht?«

»Aber sag ihm bloß nicht, dass ich dir seinen Hintern geschenkt habe. Sonst bringt er mich um.«

»Dann wäre ich dich ja endlich los.«

Er grinst und geht zur Tür.

»Wo stellst du ihn denn hin?«, fragt er.

»Nirgendwo hin. Ich nehme ihn mit ins Bett. Danke!«

»Ich danke auch!«, gibt er zurück.

Natürlich landet der Gipshintern nicht unter meiner Decke, sondern oben auf meinem Kleiderschrank. Trotzdem begleitet er mich durch die Nacht und zwar in einem Traum. Dort gehört der Hintern jedoch Malte. Er besucht meinen Bruder und hat sich gerade die Hose runtergezogen, als ich in Simons Zimmer komme. Seltsamerweise kennt mich mein eigener Bruder nicht. Er fragt Malte: »Wer ist das?«

»Meine Freundin«, antwortet Malte. »Wir haben uns in einem Eiscafé kennen gelernt.«

Nachdem er mich und Simon miteinander bekannt gemacht hat, nimmt er mich in die Arme und küsst mich. Ich schließe die Augen. Als ich sie wieder öffne, steht Ulf vor mir, Olivers bester Freund. Mit zitternden Fingern nestelt er an seiner Brille herum. Plötzlich stürzt er sich aus dem offenen Fenster und fliegt hinauf in die Wolken. Ich folge ihm. Als ich ihn eingeholt habe, hat er sich in die bunte Porzellankatze verwandelt, die in Frau Scherers Diele steht.

Im weiteren Verlauf des Traums kommt der Abdruck von Mustafas Hintern nicht mehr vor. Malte und mein Bruder tauchen ebenfalls nicht mehr auf. Stattdessen lerne ich eine Menge anderer Jungs kennen, die alle unheimlich nett sind. Jeder will von mir wissen, ob ich in ihn verliebt bin. Ich sage Ja oder Nein, immer abwechselnd.

Als ich aufwache, bin ich total verwirrt. Beim Frühstück muss ich immer noch an den Traum denken. Bin ich tatsächlich in irgendjemanden verliebt? Und wenn ja – in wen eigentlich? Malte? Felix? Oliver? Seit ich unseren Klassenkomiker aus dem Marienhospital habe kommen sehen, muss ich ständig an ihn denken.

Auf dem Weg zum Lessingplatz überlege ich, ob ich Stefanie und Nadja von Olivers Mutter erzählen soll. Doch irgendwie habe ich keine Lust, mit ihnen darüber zu reden. Fragt sich bloß, wozu ich eigentlich zwei beste Freundinnen habe! In den letzten Tagen habe ich ihnen nicht nur alles verschwiegen, was wichtig für mich war, sondern noch dazu habe ich ihnen einen Haufen Lügen aufgetischt.

Nachdem ich die beiden begrüßt habe, legt Nadja mit einer neuen Geschichte über Igor los. Weil er gestern ein T-Shirt mit der Aufschrift *Billy* trug, ist sie sich nicht mehr sicher, ob er überhaupt Igor heißt.

»Wie soll ich ihn denn jetzt nennen, wenn ich an ihn denke?«, jammert sie. »Ich hatte mich schon so sehr an den Namen Igor gewöhnt. Billy klingt blöd! Bei dem Namen fallen mir bloß Bücherregale ein.«

Als die Schule in Sicht kommt, taucht Oliver mal wieder zwischen uns auf.

»Seid gegrüßt, edle Damen!«, ruft er und verbeugt sich nacheinander vor uns dreien. »Na, habt ihr Mathe gemacht?«

»Du etwa nicht?«, fragt Nadja.

»Nein, ich hatte mit einer wichtigeren Formel zu tun. Clarissa plus Oliver gleich knutschen.«

»Wer ist Clarissa?«, erkundigt sich Stefanie.

»Ein supernettes Mädchen, das gestern in unser Haus gezogen ist. Sie sieht aus wie ein Engel!«

»Wieso?«, brummt Nadja. »Kleben an ihrem Hintern zwei Flügel?«

»Ihr Hintern!«, wiederholt er missbilligend. »Wofür hältst du mich eigentlich, hä? Ich bin nicht so primitiv wie die anderen Jungs. Ich interessiere mich vor allem für Clarissas Seele. Und ihre Träume. Und ihre Intelligenz. Und ihre Brüste«, fügt er mit leuchtenden Augen hinzu. »Wisst ihr, wie die Körbchen ihres BHs aussehen? So riesig wie Basketballkörbe!«

Kaum haben wir den Schulhof erreicht, verzieht sich Oliver zu seinem Freund Ulf. Ich lasse ihn nicht mehr aus den Augen. Und auch nicht aus den Ohren. Den restlichen Vormittag über registriere ich jeden Satz von Oliver, sowohl im Unterricht als auch in den Pausen. Er ist so witzig wie schon lange nicht mehr. Sogar Frau Johannsen lacht über seine Sprüche, obwohl sie uns in der Mathestunde eigentlich etwas ganz Schwieriges erklären will. Olivers Humor ist einfach unwiderstehlich!

Am Ende der ersten Pause läuft mir Malte im Treppenhaus über den Weg. Zum Glück sind meine Freundinnen schon vor mir nach oben gerannt, weil sie unserem Biolehrer erklären müssen, warum sie die Hausaufgaben nicht gemacht haben.

»Na, wie sind die Fotos geworden?«, erkundigt er sich.

»Ganz gut.«

»Wann kann ich sie denn mal sehen?«

»Bald«, antworte ich ausweichend.

»Und die Sache mit dem Geld und diesem netten Typen?«, fragt er weiter. »Hat sich alles geklärt?«

»Ja«, behaupte ich. »Es gab keine Probleme.«

»Freut mich«, sagt er. »Wann treffen wir uns denn noch mal im Wald?«

»Wozu?«

»Ich fand es echt lustig mit dir«, erwidert er lächelnd. »Außer Sauerampfer gibt es noch viele andere Leckereien in der freien Natur. Zu einigen von ihnen würde ich dich gerne einladen.«

»Hey, weg da!«, mischt sich plötzlich Oliver in die Unterhaltung ein und drängt sich zwischen Malte und mich. »Lass meine Freundin in Ruhe!«

Er legt einen Arm um meinen Hals und küsst mich auf die Wange. Ich verpasse ihm einen so kräftigen Stoß, dass er zu Boden geht und ein paar Stufen hinabrutscht. Die umstehenden Schüler fangen an zu kichern.

»Oh nein!«, kreischt Oliver und rappelt sich mit schmerzverzerrter Miene auf. »Du hast mir nicht nur das Herz gebrochen, sondern auch den Oberschenkel!« Humpelnd steigt er die Treppe empor. »Wie kannst du nur so hart zu mir sein, Lea? Weil ich auch immer hart bin?«

Das Kichern wird lauter. Sogar Malte lacht, wenn auch nur ganz kurz und ganz leise. Dann nickt er mir zu und eilt in Richtung Chemieraum.

»Du bist so was von blöd!«, fauche ich Oliver wütend an, doch der grinst bloß dämlich und meint: »Toller Adelstitel! Darf ich mich vorstellen, edle Prinzessin? Mein Name ist Baron So was von Blöd!«

Er verbeugt sich schwungvoll – und knallt mit seiner Stirn voll gegen das Geländer. Absichtlich natürlich. Das Gekicher ringsum wird noch ausgelassener. Mit großen Schritten marschiere ich die Stufen hinauf. Ich kann seine idiotischen Sprüche nicht mehr ertragen.

»Warte Lea!«, ruft er mit gespielter Verzweiflung hinter mir her. »Wir drei gehören doch zusammen! Ich und du und ein Kondom!«

Mit geballten Fäusten stürme ich den Flur entlang und verschwinde in unserem Klassenzimmer.

15. Kapitel

Genau heute vor einer Woche habe ich Malte auf dem Mädchenklo getroffen. Unglaublich, was seitdem alles passiert ist! Und was noch alles geschehen wird in den nächsten Tagen, will ich lieber gar nicht wissen. Morgen soll ich bei Felix aufkreuzen und ihm die Fotos bringen, die ich vorgestern im Hofgarten von ihm gemacht habe. Statt den Bildern, die es ja leider gar nicht gibt, bekommt er von mir endlich sein Geld – falls es mir gelingt, die fehlenden 58 Euro bis dahin aufzutreiben. Doch wo soll ich die hernehmen?

Ehrlich gesagt, ist mir das im Moment ziemlich egal. Viel wichtiger ist Oliver.

Ich sitze auf der Bank vor dem Krankenhaus. Schon seit einer Viertelstunde. Es ist genauso spät wie gestern, als ich unseren Klassenkomiker auf dem Weg zum Marienhospital verfolgt habe. Ob er seine Mutter heute besuchen wird, weiß ich nicht. Ich weiß nur, dass ich unbedingt mit ihm reden muss. Die große Show, die er vor ein paar Stunden im Treppenhaus abgezogen hat, geht mir einfach nicht mehr aus dem Kopf. Warum will er niemandem zeigen, wie mies er sich eigentlich fühlt? Wieso spielt er den Clown, obwohl ihm garantiert nicht nach Witzen zu Mute ist?

Aber die wichtigste Frage ist ja wohl: Warum ist mir das alles nicht völlig gleichgültig? Hab ich nicht selbst genug Sorgen? Brauche ich noch eine dritte Firma, die Lea-Lamprecht-Krankenangelegenheiten-GmbH?

»Was machst du denn hier, Lea?«

Weil gerade eine ganze Horde Menschen aus dem Eingang gekommen ist, habe ich Oliver nicht gesehen. Jetzt steht er plötzlich vor mir. Und grinst.

»Hast du keine andere Sonnenbank gefunden?«, spottet er. »Direkt vor ein Krankenhaus würde ich mich niemals freiwillig hinsetzen. Was meinst du, wie viele Bazillen hier rumschwirren? Vielleicht flitzen schon welche durch deine Adern. Ja, du siehst tatsächlich nicht ganz gesund aus. Du bist ganz blass.«

»Du auch.«

Sein Lachen klingt reichlich nervös.

»Hast du jemanden besucht?«, frage ich ihn rundheraus.

»Ja. Einen Nachbarn. Vorgestern haben sie ihm den Blinddarm rausgenommen.«

»Du lügst!«

Prompt erstarrt Olivers Lächeln zu einer Grimasse.

»Hey, was soll das, Lea? Bist du sauer auf mich wegen meiner Sprüche vorhin auf der Treppe? Das war doch nur Spaß!«

»Ich hab mich totgelacht.«

»Dann solltest du schnell ins Krankenhaus gehen. Die können dich bestimmt wieder zum Leben erwecken. Ciao!«

Er nickt mir zu und setzt sich in Bewegung. Ich springe von der Bank und folge ihm.

»Wo willst du hin?«, fragt er, nachdem ich ihn eingeholt habe.

»Dort hin, wo du hinwillst.«

»Hä? Bist du etwa in mich verliebt?«

»Warum warst du wirklich im Krankenhaus?«, frage ich zurück. »Das mit dem Nachbarn glaube ich dir nicht.«

»Na schön!«, seufzt er und bleibt stehen. »Ich will ehrlich zu dir sein. Aber du musst mir versprechen niemandem was davon zu verraten.«

»Versprochen!«

»Also – ich – äh – ich –« Er räuspert sich ausgiebig. »Na ja, ich hab da eine Warze. Und zwar an einer besonders – äh – blöden Stelle. Ich meine an einem Körperteil, das Mädchen nicht haben. Jedenfalls nicht, bevor sie sich in einen Mann umwandeln lassen. Und diese Warze –«

»Du verdammter Lügner!«, schreie ich ihn so laut an, dass alle Leute um uns herum ihre Köpfe in unsere Richtung drehen. »Warum sagst du mir nicht, dass deine Mutter im Krankenhaus liegt? Deine bescheuerten Witze sind echt das Letzte!«

Oliver legt die Stirn in Falten und starrt mich hasserfüllt an. Mindestens zwei Minuten lang stehen wir uns schweigend gegenüber. Dann dreht er sich um und geht davon.

Doch so leicht lasse ich mich nicht abschütteln.

»Hau ab!«, zischt Oliver, als ich wieder neben ihm auftauche.

»Wie geht's deiner Mutter?«

»Verpiss dich!«

»Was sollte die ganze Schauspielerei? Warum machst du dich in der Schule zum Affen, wenn du in Wirklichkeit –«

Ich verstumme, weil ich Tränen auf Olivers Wange entdecke. Stur richtet er die Augen weiter geradeaus und geht immer schneller. Ich weiche ihm nicht von der Seite. An einer roten Ampel müssen wir stehen bleiben. Er wischt sich mit dem Handrücken über die Backen und zieht die Nase hoch. Ich weiß nicht, was ich sagen soll.

Bei Grün überqueren wir die Straße. Blöderweise muss ich an mein Fahrrad denken, das vor dem Krankenhaus steht. Ich habe es nicht abgeschlossen. In Gedanken höre ich schon meine Mutter jammern: *Das teure Fahrrad! Und du lässt es dir einfach klauen!*

Oliver hört nicht auf zu weinen. Immer wieder werfe ich ihm kurze Seitenblicke zu. Hätte ich ihn nicht lieber in Ruhe lassen sollen? Helfen kann ich seiner Mutter sowieso nicht. Ich bin kein Arzt. Ich bin nur ein 13-jähriges Mädchen, das es neuerdings mit der Wahrheit nicht mehr so genau nimmt und deshalb von einem Schlamassel in den nächsten gerät.

»Sie hatte einen Herzinfarkt!«, stößt er plötzlich hervor. »Die haben ihr einen Bypass gelegt. So 'ne Art Umgehungsstraße für die verstopfte Ader, verstehst du?«

»Und jetzt?«

»Nichts und!«

Etwa hundert Meter weiter macht Oliver wieder den Mund auf.

»Das geht niemanden in der Schule etwas an, kapiert?«

Ich nicke.

»Mitleid ist das Allerletzte, was ich gebrauchen kann«, fährt er fort. »Das Ganze ist auch so schon schlimm genug. Niemand weiß was davon. Auch Ulf nicht.«

»Ich bin dir gestern ins Marienhospital gefolgt«, gestehe ich ihm. »Du sahst total fertig aus. Da bin ich neugierig geworden.«

»Blöde Kuh!«

»Tut mir Leid.«

»Hau endlich ab!«

Ich bleibe stehen und folge Oliver nur noch mit den Augen. Beim Gehen schlenkert er ganz merkwürdig mit den Armen. Das macht er sonst nie.

»Ich sage kein Wort!«, rufe ich ihm hinterher.

Er biegt um die nächste Ecke, ohne sich noch einmal nach mir umgedreht zu haben.

Auf dem Rückweg zum Krankenhaus schießen mir tausend Gedanken durch den Kopf. Weinen muss ich erst zwanzig Minuten später, als ich vor meinem Computer sitze und die witzigen Mails lese, die mir Oliver am Sonntag geschrieben hat. Lachen muss ich dabei allerdings auch.

16. Kapitel

Am nächsten Tag legt meine Mutter beim Mittagessen einen 20-Euro-Schein auf den Tisch und schiebt ihn neben meinen Teller.

»Das ist eine Anzahlung auf die 50 Euro, die du mir geliehen hast«, erklärt sie. »Den Rest bekommst du nächste Woche.«

»Aha«, murmle ich mit unbewegter Miene und vergrabe den Schein in meiner Hosentasche.

Am liebsten würde ich vor Freude an die Decke springen. Heute ist nämlich Mittwoch. Felix erwartet, dass ich gleich bei ihm vorbeikomme und ihm die Fotos zeige, die ich am Sonntag von ihm gemacht habe. Tja, auf die Fotos muss er leider verzichten. Aber dafür bekommt er endlich seine 140 Euro. Mir fehlen jetzt nur noch 38 Euro und die werde ich mir nach dem Essen bei Frau Scherer holen.

»Wie war's in der Schule?«, fragt meine Mutter, während sie mir eine Ladung Nudeln auf den Teller schaufelt.

»Anstrengend.«

»So? Welches Fach war denn am schwersten?«

Die Pausen. Ich musste aufpassen Oliver und seinen Freunden nicht zu nahe zu kommen. Sobald er mich entdeckte, versank er in Schweigen und warf mir finstere Blicke zu. Außerdem drohte eine Begegnung mit Malte. Unruhig tigerte er kreuz und quer über den Schulhof und schaute sich dabei ständig nach allen Seiten um. Ob er mich suchte? In Nadjas und Stefanies Beisein wollte ich auf keinen Fall von ihm angequatscht werden.

Die Stimmung zwischen uns dreien befindet sich ohnehin schon auf dem Nullpunkt. Stefanie ist sauer auf mich, weil ich nachmittags keine Zeit mehr für sie habe. Und Nadja ist sauer auf Stefanie und mich, weil wir ihre Geschichten über Igor nicht mehr hören wollen. Und ich bin sauer auf Stefanie und Nadja und Oliver und Malte und Felix und Simon und den Rest der Welt. Aber am meisten bin ich sauer auf mich selbst, weil ich es nicht schaffe, mich aus dem Lügennetz zu befreien, das ich seit einer Woche um mich herumspinne.

Doch damit ist jetzt Schluss! Heute Nachmittag bekommt Felix sein Geld. Und dann rufe ich meine beiden Freundinnen an und lade sie zur großen Wahrheitsparty bei mir ein. Sie bekommen von mir Chips, Cola und jede Menge ehrliche Sätze serviert. Und wenn die beiden nicht damit zufrieden sind, starte ich eine gigantische Verkupplungsaktion und sorge dafür, dass Igor auf Nadjas Schoß landet und Stefanies Lippen auf Simons Mund.

Meine Mutter schaut auf die Uhr. »Wo bleibt denn dein Bruder?«

»Vielleicht raucht er noch einen Joint mit seinen Freunden.«

»Das würde er niemals tun.«

»Stimmt«, sage ich. »Er hat nämlich überhaupt keine Freunde.«

»Hat er doch«, widerspricht sie mir. »Er will nur außerhalb der Schule nichts mit ihnen zu tun haben. Dein Bruder war schon immer ein Einzelgänger, das weißt du doch. Als er hörte, dass ich schwanger bin, hat er drei Tage lang geheult.«

»Diese Geschichte habe ich schon tausendmal gehört«, stöhne ich.

»Eigentlich ist es ein Wunder, dass Simon sich inzwischen so gut mit dir versteht. Angeblich bist du für ihn der großartigste Mensch der Welt.«

Verdattert lasse ich meine Gabel sinken. »Hä? Wie kommst du denn darauf, Mutti?«

»Das hat er mir selbst gesagt. Erst vor ein paar Tagen.«

»War er da zufällig besoffen?«

Meine Mutter schaut auf die Uhr. »Ich muss gleich los. Machst du die Nudeln für ihn warm, wenn er kommt?«

»Für meinen geliebten Bruder tue ich alles.«

Lachend schiebt sie sich den letzten Bissen in den Mund und steht auf.

»Um fünf bin ich wieder da. Hast du heute was vor? Wenn nicht, dann könntest du vielleicht –«

»Ich hab was vor«, sage ich schnell. »Ich muss weg.«

»Wohin?«

»Weg.«

Mit gereizter Miene verabschiedet sich meine Mutter von mir und verlässt das Haus.

Hastig verputze ich meine Nudeln. Nachdem ich den Tisch aufgeräumt habe, marschiere ich nach oben in mein Zimmer und reiße meinen Kleiderschrank auf. Was soll ich anziehen? Ratlos wühle ich in den Fächern herum, als plötzlich unsere Haustür mit voller Wucht zugeknallt wird. Aha, Simon hat wohl eine Sechs geschrieben. Dann ist er immer so explosiv, als würden ihm zwei Dynamitstangen in den Ohren stecken.

»Du verdammtes Arschloch!«, brüllt mein Bruder, als er in mein Zimmer stürmt.

Entsetzt starre ich ihn an. Sein Gesicht sieht aus wie nach einem Boxkampf. Er blutet aus der Nase und hat eine geschwollene Wange und eine zerkratzte Stirn.

»Du Miststück!«, schreit er weiter und droht mir mit der rechten Faust. »Warum hast du mir so eine Scheiße erzählt?«

»Wovon redest du?«

»Gib mir das Geld zurück, du verlogenes Biest!«

»Welches Geld?«

»Die 140 Euro! Du hast sie für dich behalten, du blöde Kuh! Und mir hast du erzählt, du hättest sie diesem reichen Angeber zurückgegeben.«

Mit einem Schlag ahne ich, was passiert ist.

»Du – du hast ihn getroffen?«

»Nicht nur ihn!«, schnaubt Simon und wischt sich das Blut von der Oberlippe. »Er hatte noch zwei Freunde dabei. In der vollen Straßenbahn. Kein Schwein hat mir geholfen.«

Tränen schießen ihm in die Augen. Er dreht mir den Rücken zu, eilt hinaus und verschwindet im Bad.

»Scheiße!«, fluche ich und trete wütend gegen den Kleiderschrank.

Mit zitternden Knien gehe ich in den Flur. Bevor ich an die Badezimmertür klopfe, hole ich ganz tief Luft.

»Hau ab!«, ruft Simon. »Mit dir rede ich nie mehr ein Wort!«

»Ich – ich kann das alles erklären«, beginne ich stockend. »Vor einer Woche war ich bei diesem Felix. An seiner Haustür. Ich wollte ihm das Geld zurückgeben. Aber irgendwie – wie soll ich sagen – Es war einfach unmöglich! Ich fand ihn nämlich – na ja, ich fand ihn ganz nett.«

Ich warte auf eine höhnische Bemerkung von Simon, aber er schweigt.

»Deshalb hab ich Felix keinen Ton von dem Geld gesagt«, fahre ich fort. »Auch nicht am Sonntag, als wir uns im Hofgarten getroffen haben. Ich wollte Fotos von ihm machen. In meiner Kamera war allerdings kein Film. Hinterher haben wir zusammen ein Eis gegessen. Jedenfalls: Ich konnte die Sache mit dem Geld nicht erwähnen, obwohl ich es mir fest vorgenommen hatte. Außerdem hatte ich Mutti 50 Euro geliehen und darum hatte ich nur noch 90. Nach dem Eisessen waren es sogar noch etwas weniger. Aber eben hat mir Mutti 20 Euro zurückgegeben, also fehlen mir bloß noch 38 Euro. Die hole ich gleich bei Frau Scherer, die mir ungefähr so viel schuldet, und dann fahre ich sofort zu Felix. Hast du gehört? In einer Stunde ist die Sache erledigt.«

Mein Bruder bleibt stumm. Auch sonst ist nichts zu hören. Kein Wasserrauschen und auch kein leises Wimmern.

»Es tut mir Leid, Simon! Ich hätte mich nicht von Felix beeindrucken lassen sollen. Aber er sieht unheimlich gut aus und – und er hat auch ein paar nette Sachen zu mir gesagt, die ich noch nie – Ach, ist ja auch egal! Ich bin jetzt weg, okay? Wenn ich zurückkomme, kannst du den ganzen Mist vergessen.«

Schweigen.

»Simon?« Ich klopfe noch einmal gegen die Tür. »Alles in Ordnung?«

Ich lausche angestrengt, doch im Badezimmer bleibt es mucksmäuschenstill.

»Bis gleich!«, rufe ich und gehe zur Treppe.

Zehn Minuten später drücke ich auf Frau Scherers Klingel. Auf dem Weg hierher habe ich gebetet, dass sie heute nicht ganz so durcheinander sein möge wie sonst. Wenn sie mir gleich im Bademantel die Tür öffnet, kann ich sofort wieder abhauen.

»Lea?«, wundert sie sich, als ich vor ihr stehe. Zum Glück trägt sie ihr hellblaues Kostüm und dazu eine weiße Bluse. »Ich habe dich erst für morgen erwartet. Meine Einkaufsliste ist noch nicht fertig. Komm doch herein!«

Sie will mit mir ins Wohnzimmer gehen, doch ich bleibe im Flur stehen und sage: »Ich hab's furchtbar eilig, Frau Scherer. Es geht auch nicht ums Einkaufen, sondern um – äh –, um Geld.«

Sie sieht mich erstaunt an. »Geld?«

Ich nicke. »Früher haben Sie mir doch immer zwei Euro gegeben, wenn ich was für Sie besorgt habe. Aber seit ein paar Wochen – na ja –, ich habe schon wochenlang nichts mehr von Ihnen gekriegt. Das ist zwar nicht so schlimm und ich würde auch umsonst für Sie einkaufen, aber ich brauche im Moment ganz dringend Geld. 38 Euro.«

»Mein Gott, bin ich schusselig!«, erwidert Frau Scherer kopfschüttelnd. »Hab ich dich wirklich schon seit mehreren Wochen nicht bezahlt? Warum hast du denn nichts gesagt? Oder dir einfach was vom Wechselgeld behalten?«

»Ich habe Andeutungen gemacht und –«

»Andeutungen!«, wiederholt sie lächelnd. »Ich bitte dich, Lea! Manchmal bin ich so durcheinander, dass ich nicht mal meine eigenen Füße finde. Das weißt du doch. Wie soll ich dann irgendwelche Andeutungen verstehen? Du musst mir schon ganz genau sagen, was du von mir willst. Dann bekommst du es auch.«

»In Ordnung, Frau Scherer!«

»Weißt du, was? Ich gebe dir keine 38 Euro, sondern einen Hunderter. Das ist schon der Vorschuss für die nächsten Einkäufe. Und wenn die alle bezahlt sind, dann machst du sofort den Mund auf und sagst mir Bescheid.«

»Okay.«

»Komm morgen wieder, dann kriegst du das Geld.«

»Morgen erst?«

Sie nickt. »Mein Sohn hat etwas für mich abgehoben und bringt es heute Abend vorbei. Im Augenblick kann ich dir nur mit ein paar Cent dienen. Aber damit ist dir sicher nicht geholfen, oder?«

»Nein.«

»Wenn es so eilig ist mit dem Geld, dann leih dir doch

was bei jemandem«, schlägt Frau Scherer mir vor. »Morgen zahlst du es dann zurück.«

»Ich kenne niemanden, der mir so viel Geld leihen könnte.«

»Denk mal ganz in Ruhe nach. Vielleicht fällt dir ja doch noch jemand ein. Ein Verwandter. Oder ein Nachbar. Oder eine Freundin. Oder ein Freund.«

»Hm.«

Ich verabschiede mich von Frau Scherer. Um mich zu trösten, streicht sie mir über den Hinterkopf. Ich könnte heulen.

Total geknickt schließe ich draußen auf der Straße mein Fahrrad auf. Als ich auf den Sattel steige, fährt gerade eine Straßenbahn vorbei. Die Linie 707 nach Gerresheim.

Malte!

17. Kapitel

Als er mich am Samstag nach unserem kurzen Ausflug in den Wald zur Haltestelle gebracht hat, hat Malte mir gezeigt, wo er wohnt. Das Haus wirkt zwar längst nicht so prachtvoll wie die Villa von Felix, aber es sieht auch nicht so aus, als würden es arme Leute bewohnen. Ob er mir vielleicht die fehlenden 38 Euro leihen könnte?

Kurz entschlossen mache ich mich auf den Weg zu ihm. Mehr als Nein sagen kann er nicht. Falls er überhaupt zu Hause ist.

Beim Radeln muss ich immer wieder an Simon denken. Ich sehe ihn mit blutender Nase in meinem Zimmer stehen. Könnte ich ihm böse sein, wenn er mich bis zum Rest meines Lebens hassen würde? Er hat mich geküsst, als ich ihm sagte, ich würde die Sache mit Felix wieder in Ordnung bringen. Er war wahnsinnig erleichtert, als ich ihm vorschwindelte, dass ich alles geregelt hätte. Er hat mir sogar ein Geschenk gemacht und unserer Mutter erzählt, ich wäre der großartigste Mensch der Welt! Und dann sitzt er in der Bahn und wird von Felix und seinen Kumpels verprügelt.

Jede Wette, dass mir Simon nie mehr etwas wirklich Wichtiges anvertrauen wird! Zum ersten Mal im Leben hätte ich ihm helfen können. Aber ich hab's vermasselt. Und warum? Weil Felix nicht aussah wie ein Monster, sondern wie ein Model. Simon hat mir schon das Richtige geschenkt: einen Arsch für einen Arsch!

Seltsamerweise bin ich kein bisschen aufgeregt, als ich vor Maltes Haus vom Fahrrad steige. Ich weiß genau, dass ich mich auf ihn verlassen kann. Malte wird mir zuhören und keine dummen Sprüche loslassen.

Oder?

Als ich auf die Klingel drücke, wird mir doch etwas mulmig zu Mute. Kein Wunder! Schließlich kreuze ich nicht alle Tage unangemeldet bei einem 16-jährigen Jungen auf. Beim zweiten Klingeln werde ich noch etwas nervöser. Aber als dann langsam die Tür geöffnet wird und Malte mich anlächelt, ist all meine Unsicherheit verflogen.

»Hallo!«, zwitschere ich fröhlich. »Darf ich dich mal kurz stören?«

»Na klar! Hereinspaziert, gnädige Frau!«

Er verbeugt sich fast bis auf den Boden, als ich an ihm vorbei ins Haus gehe.

»Erster Stock«, kommandiert er hinter mir. »Zweite Tür links.«

Sein Zimmer ist ziemlich groß, aber mit so viel Krimskrams voll gestellt, dass man sich kaum darin bewegen kann. Ich habe keine Zeit und vor allem keinen Nerv, mich genauer umzusehen, sondern überfalle Malte sofort mit meiner Bitte.

»Ich brauche 38 Euro«, platze ich heraus, nachdem ich mich auf die Lehne eines uralten Sofas gehockt habe, auf dem stapelweise Zeitschriften und Bücher liegen.

Malte, der sich auf den Drehstuhl vor seinem Computer gesetzt hat, runzelt die Stirn. »Wozu?«

»Gestern habe ich gelogen«, gestehe ich rundheraus. »Du hast mich gefragt, ob die Sache mit dem Geld geregelt ist. Und ich Idiotin habe Ja gesagt.«

»Und ich Idiot habe nicht gemerkt, dass du gelogen hast. Wieso hast du immer noch das Geld?«

»Ich hab's ja gar nicht mehr«, jammere ich. »Jedenfalls nicht alles.«

Ich erzähle ihm von den 50 Euro, die sich meine Mutter geliehen hat. Und von dem Nachmittag mit Felix im Hofgarten und dem Besuch im Eiscafé und der Rechnung, die ich bezahlen musste. Und von Frau Scherer, die mir erst morgen 100 Euro geben kann.

»Und wenn ich schon mal dabei bin, die Wahrheit zu sagen: Am Samstag im Wald war gar kein Film in der Kamera. Ich habe kein einziges Bild gemacht.«

Malte reißt die Augen auf. »Wie bitte? Was sollte denn dieser ganze Quatsch mit dem Fotowettbewerb?«

»Das war nur eine Ausrede, um dich zu treffen. Ich wollte dich näher kennen lernen, weil ich – weil ich dich irgendwie –«

Ich zucke die Schultern. Und Malte? Knallrot wird er und fummelt nervös an seinem linken Ohrläppchen herum.

»Bist du jetzt böse auf mich?«, frage ich ihn.

Er senkt den Kopf und antwortet nicht.

»Ich habe jemandem eine Mail geschickt und ihn gefragt, ob er einen Tipp hätte, wie ich dich mal treffen könnte«, verrate ich ihm. »Da hat er mir vorgeschlagen es mit dem Fotowettbewerb zu versuchen. Das hat ja auch super geklappt. Sogar bei Felix. Bei dem Shooting mit ihm im Hofgarten war übrigens auch kein Film im Apparat. Tröstet dich das?«

»Hm«, macht er.

Plötzlich reißt er eine Schublade auf und greift hinein. »Hier ist das Geld.«

Er streckt mir zwei Zwanziger entgegen, ohne mich dabei anzusehen. Ich stehe auf, nehme das Geld und stopfe es in die Tasche.

»Danke. Spätestens übermorgen kriegst du es zurück.«

»Ist gut«, murmelt er. »Tschüss!«

Anstatt mich nach unten zur Haustür zu begleiten, wendet er sich seinem Computer zu und haut wie verrückt in die Tasten.

»Tschüss und danke!«, sage ich und gehe.

Nachdenklich schlurfe ich die Treppe hinunter. Nie im Leben hätte ich damit gerechnet, dass Malte so verlegen werden könnte. Warum hat er mich nicht ausgelacht? Oder mich gefragt, ob ich eine Überdosis Sauerampfer gefuttert habe und deshalb so einen Unsinn rede?

Reichlich verwirrt sitze ich zwei Minuten später auf meinem Sattel und trete in die Pedale. Seit Tagen radle ich nun schon kreuz und quer durch Düsseldorf. Mein Basketballtrainer wäre begeistert, wenn er wüsste, wie eifrig ich an meiner Kondition arbeite. Wie lange habe ich schon keinen Korb mehr geworfen? Und wieso vermisst mich niemand aus meiner Mannschaft? Niemand hat mich angerufen, nicht mal Svetlana, mit der ich mich immer super verstanden habe. Höchste Zeit, mich mal wieder beim Training blicken zu lassen!

Wieso denke ich an Basketball? Ganz einfach: Weil ich nicht an Felix denken möchte. Oder an Simon. Oder an Nadja und Stefanie, denen ich zig Erklärungen schuldig bin. Oder an Oliver und seine kranke Mutter. Und schon gar nicht will ich an Malte denken und daran, wie ihm vorhin das Blut in den Kopf schoss, als er hörte, dass er mir nicht ganz gleichgültig ist.

Ob er mich etwa auch –

Moment mal! Wieso *auch?* Ich liebe ihn doch gar nicht.

Basketball. Das ist das einzige Thema, über das ich mir Gedanken machen möchte. Das heißt, an den Straßenverkehr sollte ich auch mal ab und zu denken, sonst werde ich gleich von einem LKW gerammt und breche mir sämtliche Knochen. Wie sollte Malte mich küssen, wenn ich vom Kopf bis zu den Zehen in Gips stecke?

Malte? Warum nicht Felix? Er hat gesagt, ich sei anders. Anders als wer? Als er selbst? Stimmt. Er sieht viel besser aus. Und außerdem ist er ein Junge. Oder wollte er damit sagen, ich sei anders als die anderen Mädchen, die er kennt?

Verdammter Mist! Am liebsten würde ich ihn fragen, wie er das gemeint hat. Ja, ich will wissen, wie und warum ich anders bin. Aber deshalb radle ich nicht zu ihm. Ich muss ihm das Geld geben. Und anschließend werde ich Felix nichts mehr fragen können, weil ich für ihn gestorben sein werde. Aber nach dem, was er Simon angetan hat, ist er für mich auch gestorben. Oder?

Nur noch wenige hundert Meter, dann bin ich bei ihm. Die Steigung ist mörderisch, aber ich bin gut in Form. Gnadenlos brennt die Nachmittagssonne vom Himmel. Mir fällt ein, dass es immer noch Mai ist. Der Monat der Liebe. Felix wird vor mir auf die Knie sinken und mir gestehen, dass ich seine ganz große Liebe bin. Nein, so was macht nur Oliver. Das heißt, früher hat er so was gemacht. Jetzt wird er nie mehr vor mir knien, weil ich etwas herausbekommen habe, was er lieber für sich behalten hätte.

»Na?«

Ich zucke erschrocken zusammen und trete auf die Bremse. Felix steht auf dem Bürgersteig, eine Sporttasche in der Hand. Mir fällt sofort seine geplatzte Unterlippe auf. Weil ich nicht weiß, was ich sagen soll, schnappe ich ausgiebig nach Luft.

»Ich dachte, du kreuzt heute nicht mehr auf«, sagt er grinsend. »Ich bin auf dem Weg zum Tennisplatz. Kommst du mit?«

»Nein.«

»Wieso nicht? Du kannst mir zuschauen. Ich spiele richtig gut.«

»Kannst du auch gut boxen?«

»Wieso?«

»Hast du dich geprügelt?«

Er deutet auf seine Unterlippe. »Sieht man das so deutlich? Ja, ich hab was abgekriegt. Von einer Horde von Wahnsinnigen, die sich unbedingt in der Bahn mit mir prügeln wollte. Einer gegen fünf – das ist ja wohl ziemlich ungerecht, stimmt's?«

Mir bleibt die Luft weg. Vor Wut. Was für ein blöder Dummschwätzer! Wie konnte ich so ein Ekel jemals nett finden?

Ich greife in meine Hosentasche, hole die Geldscheine raus und werfe sie ihm vor die Füße.

»Was soll das?«, fragt er verdutzt.

»Dein Geld. Hat dir mein Bruder abgenommen. 140 Euro. Zähl nach.«

»Dein – dein –«

Felix ist so baff, dass er die Zähne nicht mehr zusammenkriegt. Soll ich die Scheine aufheben und sie ihm in den Mund stopfen?

»Zähl nach!«, fordere ich ihn noch einmal auf.

Es dauert eine Weile, bis endlich wieder Bewegung in seinen Körper kommt. Langsam bückt er sich und hebt das Geld auf, ohne mich dabei aus den Augen zu lassen. Er knüllt die Scheine zusammen und schiebt sie in seine Jackentasche.

»Ich wollte es dir schon letzte Woche geben, aber es kam was dazwischen.«

»Was denn?«, fragt er.

»Meine Blödheit.«

Sein Lachen ist so echt wie Frau Scherers Zähne.

»Auf Nimmerwiedersehen!«, rufe ich ihm zu und wende mein Fahrrad.

»Warte mal! Was ist mit den Fotos?«

»Es gibt keine Fotos. Es gibt auch keinen Fotowettbewerb.«

»Warum hast du mich belogen?«

»Warum hast du mich belogen?«, frage ich zurück. »Du und deine Freunde, ihr wart in der Überzahl. Willst du dich mal alleine mit meinem Bruder treffen?«

»Verschwinde, du dumme Gans!«

»Bin schon weg!«

Nur dreimal trete ich in die Pedale, dann lasse ich mein Rad rollen. Immer schneller und schneller. Der Wind ist erfrischend. Ich lasse die Beine baumeln. Erleichtert grinse ich vor mich hin. Bye, bye, Felix! Ein Junge weniger, der mir im Kopf herumspukt. Und eine Firma weniger, um die ich mich zu kümmern habe. Die Lea-Lamprecht-Diebesangelegenheiten-GmbH wurde nämlich soeben aufgelöst.

18. Kapitel

Jemand klopft an meine Tür.

»Ein Anruf für dich, Lea!«

Meine Mutter kommt herein, drückt mir das Telefon in die Hand und verschwindet.

»Ja?«, melde ich mich und lasse mich auf meinem Bett nieder.

»Wo warst du denn heute Nachmittag?«, fragt Stefanie. »Ich hab viermal bei euch angerufen, aber niemand ging ran.«

»Ich hatte was zu erledigen.«

»Was denn?«, hakt sie nach.

Ich stoße einen Seufzer aus. »Verrate ich dir morgen.«

»Wieso nicht jetzt?«

»Weil Nadja es auch hören soll und ich nicht alles zweimal erzählen will.«

»Ist es was Wichtiges?«, bohrt Stefanie unerbittlich weiter.

»Ach, was heißt wichtig? Es geht nur um zwei Jungs, mit denen ich mich öfter getroffen habe. Und um 140 Euro und eine Schlägerei in der Straßenbahn. Und um ein knackiges Hinterteil in meinem Zimmer«, füge ich mit einem Seitenblick auf Mustafas Gipshintern hinzu.

»Klingt spannend!«

»Warum rufst du an?«

»Weil ich wissen will, wieso ich dich eigentlich nicht mehr besuchen darf«, antwortet Stefanie.

»Du willst doch gar nicht mich besuchen, sondern meinen Bruder. Aber der möchte im Moment niemanden sehen. Und mit niemandem reden. Vor allem nicht mit mir.«

»Wieso nicht?«

»Das wirst du morgen erfahren.«

»Meine Güte!«, stöhnt sie ungeduldig. »Nun rück endlich raus mit der Geschichte. Hast du dich verknallt?«

»Keine Ahnung.«

»Was soll das nun wieder heißen?«

»Dass ich keine Ahnung habe. Sei nicht böse, aber ich muss jetzt eine E-Mail schreiben. Wir reden morgen weiter, okay?«

»Ciao!«, brummt sie unwirsch und legt auf.

Ich lasse das Telefon auf meine Bettdecke fallen und stehe auf. Von nebenan ist leise Musik zu hören. Hip-Hop. Vorhin beim Abendessen war Simon dermaßen geistesabwesend, als hätte er seine Discman-Stöpsel im Ohr. Sein Gesicht verriet meinen Eltern natürlich, dass er sich geprügelt hatte. Sie bestürmten ihn mit Fragen, aber Simon stopfte schweigend zwei Brote in sich hinein und verzog sich dann in sein Zimmer.

Vor einer Viertelstunde habe ich ihm einen Zettel durch die Tür geschoben. *Alles in Ordnung. Felix hat das Geld. Es tut mir Leid.* Bin gespannt, wann er wieder mit mir redet. Und worüber. Bestimmt wird es zwischen uns nur noch irgendwelches Blabla geben. Wenn überhaupt.

Nachdem ich noch eine Weile der Musik gelauscht habe, setze ich mich an meinen Computer und gehe ins Internet. Es ist mal wieder so weit: Ich brauche Olivers Hilfe. Im Moment hat er zwar ganz andere Sorgen, aber offenbar hat er nichts dagegen, auf andere Gedanken zu kommen. Nur so kann ich mir erklären, dass er nach wie vor in der Schule den Klassenclown spielt.

hi, oliver!
ich bin's mal wieder. HHH13. zum lachen gab es bei mir allerdings nicht beson-

ders viel in den letzten tagen. und bei dir?
ich hab mal eine frage. zu einem thema, mit dem du dich laut meiner freundin sehr gut auskennst. liebe. es kann sein, dass ich verliebt bin. es kann sogar sein, dass der junge, in den ich möglicherweise verliebt bin, auch in mich verliebt ist. es kann allerdings auch sein, dass ich mir alles einbilde, sowohl seine als auch meine liebe. wie kann ich herausfinden, was sache ist? woran kann ich merken, dass ich ihn liebe? und wie kann ich ihn dazu bringen, mir zu verraten, dass er mich liebt, falls er das tatsächlich tut?
ja, okay, das war nicht *eine* frage, das war gleich ein ganzer haufen davon. bekomme ich trotzdem eine antwort?
viele grüße –
HHH13

Nachdem ich die Mail abgeschickt habe, surfe ich im Internet herum. Bei Google gebe ich alle möglichen Suchbegriffe ein. Herzinfarkt. Sauerampfer. Nasenbluten. Liebe. Ich überfliege einige Artikel, ohne mich richtig auf das konzentrieren zu können, was ich da lese. Das liegt an Malte. Immer wieder sehe ich sein rotes Gesicht vor mir. Könnte es tatsächlich sein, dass er –

»Lea?«

Mein Vater klopft an die Tür und kommt nach einem »Herein!« ins Zimmer.

»Brauchst du noch das Telefon?«, fragt er.

»Nein. Es liegt auf dem Bett.«

Er schließt die Tür. Aha, er hat was auf dem Herzen. Hoffentlich ist es mal was anderes als die Bitte um Geld.

»Ich bin pleite«, stelle ich vorsichtshalber schon mal klar. »Das Einzige, was ich dir leihen kann, ist mein Ohr.«

»Mehr will ich auch gar nicht«, erwidert mein Vater schmunzelnd. Dann zeigt er auf die Wand. »Weißt du was darüber?«

»Ja. Das ist eine Wand. Aus Beton, glaube ich.«

Er verdreht die Augen. »Ich meine den Jungen, dessen Zimmer sich hinter dieser Wand befindet.«

»Der ist auch aus Beton, glaube ich.«

»Blödsinn! Simon ist sensibler als wir alle zusammen.«

»Und warum merkt man nie was davon?«, wundere ich mich.

»Weil er ein Junge ist«, antwortet mein Vater. »Ich war auch mal einer. Alle hielten mich für den coolsten Typen in der ganzen Stadt. Ich mich auch.« Er kratzt sich am Nacken. »Aber es geht jetzt nicht um mich, sondern um deinen Bruder. Mit wem hat er sich geprügelt?«

Ich zögere. Soll ich ihm die ganze Geschichte mit Felix und dem Geld erzählen? Nein, das kann ich Simon nicht antun. In dieser ganzen Angelegenheit habe ich schon genug Mist gebaut.

»Vielleicht hat er sich selbst geschlagen«, vermute ich. »Zur Strafe dafür, dass er sich manchmal beim Essen wie ein Schimpanse benimmt.«

Mein Vater durchbohrt mich mit einem ernsten Blick.

»Du weißt es, willst es mir aber nicht sagen, stimmt's?«

»Stimmt«, antworte ich. »Frag ihn doch selbst.«

»Er redet nicht mit mir. Nicht richtig jedenfalls.«

»Herzliches Beileid!«

»Was ist los mit dir, Lea? Warum bist du so – so –« Er findet nicht das richtige Wort.

»Ich bin verliebt«, erkläre ich lächelnd. »Wahrscheinlich.«

»Verliebt?« Er lacht. »Mit 13? Denk bloß an die Kondome!«

»Huhu, bist du taub? Ich sagte, ich bin verliebt. Ich habe nicht gesagt, dass ich die Hauptrolle in einem Pornofilm spielen werde.«

»Als ich 13 war, wusste ich nicht mal, was Liebe überhaupt ist«, sagt mein Vater und nimmt das Telefon. »Wer ist denn der Glückliche?«

»Ein Junge.«

»Verstehe, du willst nicht darüber reden.« Er geht zur Tür. »Mit mir will ja niemand über irgendwas reden. Aber das ist auch ganz gut so. Dann muss ich mir weniger Sorgen machen.«

Kaum ist er weg, schaue ich nach, ob ich eine neue Mail bekommen habe.

> liebe HHH13!
> du willst wissen, was liebe ist? von mir? das kann ich dir sagen. liebe ist – äh – tja – äh – hm – äh –, anscheinend ist es doch nicht so leicht zu erklären.
> jedenfalls bin ich ständig verliebt, und zwar in so ziemlich alles, was weiblich ist. ja, ehrlich: sobald ich ein mädel sehe, das nicht wie frankensteins zwillingsschwester aussieht, bin ich feuer und flamme. da kribbelt es im rückgrat. und in meinem

bauch veranstalten drei millionen ameisen ein wettrennen. und manchmal mischt auch noch ein anderer körperteil bei dem aufruhr mit. für den ist liebe eine ganz schön harte angelegenheit.
scheiße!
vergiss mein blödes geschwätz. in wirklichkeit habe ich gar keine ahnung, was liebe ist. dieses liebesgesülze, mit dem ich mich bei den mädels einschleime, gehört nur zu der show, die ich dauernd abziehen muss. manche mädels finden es ganz lustig. und die jungs sind irre neidisch auf mich, weil ich keine angst vor mädchen habe. hat dir deine freundin nicht gesagt, dass ich der klassenkomiker bin? ganz schön blöd von dir, dich ausgerechnet bei mir zu erkundigen, was liebe ist.
trotzdem habe ich einen rat für dich. verabrede dich mit dem typen und fass ihn an. wenn dabei was mit dir passiert (was auch immer), dann kannst du sicher sein, dass du tatsächlich verliebt bist. und bei dem typen muss auch irgendwas passieren. ihr braucht euch ja nicht gleich zu küssen. es reicht, wenn du seine hand nimmst. wenn sich dann alles um dich dreht und du eine gänsehaut bekommst und wacklige knie – tja, dann weißt du endlich bescheid. zumindest behauptet das mein freund ulf. der liest einen liebesroman nach dem anderen und kennt sich deshalb mit diesem thema viel besser aus als ich.

aber tu mir einen gefallen: falls du nichts spürst, wenn du den typen berührst, dann versuch es mal mit mir. kann ja sein, dass ICH deine große liebe bin. ich werde auf jeden fall was spüren. dazu musst du nur den richtigen körperteil anfassen. nein, ich meine nicht die nase. und auch nicht den bauchnabel.
meld dich bald wieder, ja?
bis dahin alles liebe (???) -
oliver

19. Kapitel

Am nächsten Morgen beim Frühstück baut Simon wieder eine Mauer um sich herum auf. Meine Eltern haben zum Glück eingesehen, dass er in Ruhe gelassen werden will, und verschonen ihn mit spitzen Bemerkungen. Sie tun einfach so, als säße er gar nicht am Tisch.

Mit einem mächtigen Kloß im Hals verlasse ich eine halbe Stunde später unser Haus. Wenn ich gleich am Lessingplatz auftauche, muss ich sofort mit meiner großen Beichte loslegen. Stefanie hat gestern Abend garantiert Nadja angerufen und ihr angekündigt, dass ich heute auf dem Schulweg jede Menge zu erzählen haben werde. Möglich, dass meine Freundinnen vor lauter Neugier kaum schlafen konnten! Ist es vielleicht möglich, dass die beiden deshalb verpennt haben?

Nein, ist es nicht. Schon von weitem sehe ich sie unruhig auf der Stelle tänzeln. Sie können es kaum abwarten, mich mit Fragen zu löchern. Je näher ich ihnen komme, desto schwerer werden meine Schritte. Soll ich ihnen wirklich alles sagen?

»Hast du was an den Beinen, Lea?«, ruft mir Nadja entgegen, als ich die Straße überquere. »Sogar die Schildkröte von meinem kleinen Bruder kann schneller laufen als du.«

Ich will lächeln, aber meine Gesichtsmuskeln haben keine Lust dazu.

»Habt ihr die Matheaufgaben kapiert?«, frage ich, worauf Nadja und Stefanie einen entgeisterten Blick tauschen.

»Wen interessieren denn die Matheaufgaben?«, knurrt

Nadja. »Stefanie hat mir versprochen, dass du uns den spannendsten Roman aller Zeiten erzählen wirst.«

»Irrtum«, sage ich. »Romane sind frei erfunden. Was ihr von mir zu hören bekommt, ist die Wahrheit und nichts als die Wahrheit. So wahr mir Gott helfe.«

»Amen!«, sagt Stefanie. »Und jetzt gehen wir los und du fängst endlich mit deiner Story an, Lea!«

Erst setze ich meine Beine in Bewegung und dann meine Zunge. Statt um den heißen Brei herumzureden, verrate ich meinen Freundinnen ohne langes Fackeln die Sache mit Simon und Felix und den 140 Euro. Ich lasse nichts aus, weder meine erste Begegnung mit Felix an seiner Haustür noch das Fotoshooting im Hofgarten. Und natürlich auch nicht die Schlägerei in der Straßenbahn. Mit keinem Wort erwähne ich jedoch die Mails an Oliver und seine Tipps. Und dass Felix behauptet hat, ich sei anders, behalte ich ebenfalls lieber für mich. Sonst müsste ich mir sicher bis zum Ende meiner Schulzeit dumme Sprüche darüber anhören.

»Oh Mann, bist du bescheuert!«, schimpft Stefanie, als ich mit der Geschichte fertig bin. »Wenn du diesem Angeber gleich am Anfang das Geld gegeben hättest, wäre dein Bruder nicht verprügelt worden.«

»Aber sie hat sich doch in Felix verknallt!«, versucht mich Nadja zu verteidigen. »Sieht der Typ wirklich aus wie ein Popstar?«

»Ja«, antworte ich. »Aber ein Idiot ist er trotzdem!«

»Und was ist mit dem zweiten Jungen?«, will Stefanie wissen.

»Und vor allem: Was ist mit dem nackten Typen in deinem Zimmer?«, fügt Nadja hinzu.

»Der ist nur halb nackt«, gestehe ich den beiden.

»Hä?«

»Ich meine, ich habe nur die eine Hälfte von dem Jungen. Zum Glück die untere. Aber leider nur die hintere Seite der unteren Hälfte.«

Meine Freundinnen verstehen kein Wort.

»Es ist ein Gipsabdruck von Mustafas Hintern«, erkläre ich ihnen. »Das ist ein Junge aus Simons Klasse. Mein Bruder hat mir den Abdruck geschenkt.«

»Süß!«, flötet Stefanie.

In diesem Augenblick werden wir von Ulrike eingeholt, die uns nach den Matheaufgaben fragt. Nadja und Stefanie wollen sie schnell abwimmeln, doch Ulrike lässt sich davon nicht beeindrucken und begleitet uns bis zur Schule.

Als wir dort ankommen, ertönt auch schon der Gong. Beim Reingehen zischt Nadja mir zu: »Mist! Jetzt müssen wir bis zur Pause warten.«

»Worauf?«

»Auf den zweiten Jungen, von dem du uns erzählen wolltest. Ist er auf unserer Schule?«

Im ersten Moment will ich den Kopf schütteln. Aber der Gedanke daran, wie viel Ärger mir die Lügerei in den letzten Tagen eingebracht hat, lässt mich dann doch nicken.

»Echt?«, staunt Nadja mit aufgerissenen Augen. »Wer ist es denn?«

Neunzig Minuten später wiederholt sie die Frage auf dem Schulhof. Ich schaue mich suchend nach allen Seiten um – und entdecke Oliver, der mit verschränkten Armen am Eingang zur Turnhalle lehnt und mich mit unbeweglicher Miene anstarrt.

»Oliver?«, kreischt Stefanie, die meinem Blick gefolgt ist. »Du bist in Oliver verknallt?«

»Nein«, antworte ich schnell. »Wie kommst du denn darauf?«

»Weil er dich so seltsam anglotzt«, sagt Stefanie. »Warum steht er denn ganz allein vor der Turnhalle rum? Wo sind denn seine ganzen Freunde?«

»Ist doch egal!«, mischt sich Nadja ein. »Lea soll uns jetzt den Kerl zeigen, in den sie verknallt ist.«

»Wer hat denn behauptet, ich sei in ihn verknallt?«, erwidere ich.

»Stefanie hat mir erzählt, es gäbe da noch einen zweiten Jungen.«

»Das hast du mir doch gestern am Telefon gesagt«, verteidigt sich Stefanie. »Oder habe ich mich verhört?«

»Von Liebe war überhaupt nicht die Rede!«, stelle ich klar. »Ich hab nur von zwei Jungs gesprochen.«

Nadja runzelt die Stirn. »Aber in diesen Felix warst du doch verknallt, oder?«

»Möglich.«

»Also, wo ist er?«, fragt Nadja. »Kannst du ihn nirgendwo sehen?«

»Nein. Aber ich habe ihn euch schon mal gezeigt. Letzte Woche. Da hat er Blätter von den Sträuchern gezupft und sie sich anschließend in den Mund gestopft.«

Stefanie ist baff. »Du meinst diesen Malte? Diesen *Jugend forscht*-Spinner?«

»Genau den.«

»Ach du meine Güte!« Stefanie fängt an zu kichern. »Der ist doch immer so blass wie ’ne Leiche. Und außerdem dürfte der viel älter sein als du. Warum sollte der sich für kleine Mädchen wie dich interessieren?«

»Er ist genauso alt wie Simon«, gebe ich zurück, worauf Stefanie das Kichern im Hals stecken bleibt.

Nadja stößt mich in die Seite. »Was ist denn mit diesem Malte?«

Widerwillig erzähle ich ihnen von meiner Fotoaktion im

Wald. Und von meinem Besuch bei ihm zu Hause, bei dem er mir die 40 Euro geliehen hat.

»Und weiter?«, fragt Nadja.

»Nichts weiter. Das war alles.«

Meine Freundinnen wechseln einen enttäuschten Blick.

»Liebst du ihn denn?«, will Stefanie wissen.

»Was heißt lieben? Ich finde ihn ganz nett.«

»Er dich auch?«

Ich zucke die Schultern. Nadja und Stefanie hören nicht auf mich mit Fragen zu nerven, aber meine Antworten bleiben einsilbig. Zu blöd, dass ich überhaupt von Malte angefangen habe! Ich hätte ihn für mich behalten sollen. Zumindest bis der Test gelaufen ist, den mir Oliver in seiner Mail empfohlen hat.

Unser Klassenclown steht immer noch an der Turnhalle. Ab und zu schaue ich verstohlen zu ihm hinüber. Wo ist Ulf, sein bester Freund? Sitzt er mit einem seiner Liebesromane auf dem Klo? Dass Ulf so was liest, hat mich fast umgehauen. Ich dachte, der interessiert sich nur für seinen Hamster und den FC Bayern.

Malte bleibt nicht nur in dieser, sondern auch in der zweiten Pause unsichtbar. Das sorgt dafür, dass Nadjas und Stefanies Interesse an ihm erlahmt. Anstatt mich weiter über ihn auszufragen, fängt Nadja mit ihrem Igor-Billy an. Er hatte gestern Besuch von einem Freund.

»Erst standen sie zusammen im Zimmer herum und quatschten«, sagt Nadja. »Doch dann ist was Schreckliches passiert: Igor schloss das Fenster und zog die Vorhänge zu. Ich konnte überhaupt nichts mehr sehen. Glaubt ihr, er ist schwul?«

Den Rest der Pause verbringe ich damit, vergeblich nach Malte Ausschau zu halten. Hoffentlich ist er nicht krank. Sonst kann ich heute Nachmittag nicht den Plan ausführen, der mir gestern Abend beim Surfen im Internet eingefallen ist.

Oliver schlendert an mir vorbei, die Hände in den Hosentaschen vergraben. Wie in der ersten Pause ist er ganz allein. Ich überlege, ob ich zu ihm gehen soll, doch ehe ich mich dazu entschließen kann, kommt Ulf angerannt und redet auf Oliver ein. Der nickt ein paar Mal, bleibt aber stumm.

»Du hörst ja gar nicht zu, Lea!«, beschwert sich Nadja plötzlich bei mir. »Wozu quassle ich denn die ganze Zeit?«

»Das habe ich mich auch schon gefragt«, sagt Stefanie, worauf Nadja mit beleidigter Miene davonstapft.

»Ich wollte, dass sie mal kurz von der Bildfläche verschwindet, damit wir über deinen Bruder reden können«, gesteht Stefanie. »Wie steht's mit heute Nachmittag? Kann ich vorbeikommen? Seit fast einer Woche habe ich Simon nicht mehr gesehen.«

Ich winke ab. »Den wirst du auch heute nicht sehen. Sobald er aus der Schule kommt, vergräbt er sich in seinem Zimmer.«

»Macht nichts. Ich will dich trotzdem besuchen.«

»Ich bin aber nicht da«, entgegne ich. »Also vergiss es!«

Sie zieht eine Flappe und verkrümelt sich in Richtung Ulrike, die auf der kleinen Mauer neben dem Eingang hockt.

Na prima! Jetzt bin ich endlich mit der Wahrheit rausgerückt – wenn auch nicht mit der ganzen – und es gibt trotzdem Streit zwischen Nadja, Stefanie und mir. Hätte ich doch bloß meinen Mund gehalten! Im Grunde interessiert es meine Freundinnen kein bisschen, was ich mit Felix und Malte erlebt habe. Nadja ist mit Igor und Stefanie mit meinem Bruder beschäftigt. Was ansonsten um die beiden herum passiert, ist ihnen völlig egal.

Zwei Stunden später machen wir uns nach dem Schlussgong zwar gemeinsam auf den Heimweg, aber ein richtiges Gespräch kommt dabei nicht auf. Wir verlieren nur ein paar Sätze über die Hausaufgaben und unsere Mathelehrerin und kriegen beim Abschied am Lessingplatz kaum die Zähne auseinander.

Etwa dreißig Meter weiter taucht auf einmal Oliver wie aus dem Nichts neben mir auf. Vor Schreck stolpere ich fast über meine eigenen Füße.

»Musst dich so anschleichen?«, schimpfe ich und bleibe stehen. »Das war ja wie in einem Horrorfilm!«

»Tut mir Leid«, murmelt er. »Ich wollte nur –« Er verstummt und senkt den Blick auf seine Turnschuhe.

»Was wolltest du?«

»Danke sagen.«

»Wofür?«

»Das weißt du doch genau. Dafür, dass du die Klappe gehalten hast. Es geht ihr übrigens viel besser.«

»Echt?«

Er hebt den Kopf und sieht mich an. »Der Arzt sagt, dass die Operation gut gelaufen ist. In einigen Wochen fährt meine Mutter zur Kur und dann sehen wir weiter. Im Moment fühlt sie sich richtig gut. Na ja, den Umständen entsprechend.«

»Das freut mich.«

»Ja, mich auch.« Ein verlegenes Lächeln erscheint auf seinem Gesicht. »Trotzdem hatte ich heute in der Schule keine Lust auf meine dämlichen Witze. Die hebe ich mir für heute Nachmittag auf, damit meine Mutter was zu lachen hat.«

»Gute Idee.«

»Ja.«

Er will noch etwas loswerden, aber anscheinend findet er nicht die richtigen Worte dafür. Mehrmals öffnet er den

Mund und schließt ihn wieder. Das erinnert mich an die Fische in Nadjas Aquarium. Zwei von ihnen sind in den Osterferien gestorben. Wir haben sie feierlich im Garten von Nadjas Oma beerdigt.

»Tschüss!«, sagt Oliver plötzlich, dreht sich um und eilt mit Riesenschritten davon.

»Warte mal!«, rufe ich ihm hinterher. »Ich muss dir was sagen.«

Er hastet weiter, ohne sich umzudrehen, und biegt in die nächste Seitenstraße ein.

Ich wollte ihm verraten, wer HHH13 ist.

20. Kapitel

Das Mittagessen schlinge ich im Rekordtempo hinunter. Meine Mutter wundert sich darüber, dass ich es so eilig habe.

»Was hast du denn vor, Lea?«

»Ich muss zu Frau Scherer«, antworte ich kauend.

»Na und? Die hat doch jede Menge Zeit. Ist es ihr nicht völlig egal, wann du für sie einkaufen gehst?«

»Im Grunde schon.«

»Möchte mal wissen, warum Simon nicht zum Essen runterkommt.« Sie schiebt sich ein Stück Frikadelle in den Mund. »Weißt du wirklich nicht, was mit ihm los ist?«

»Doch. Aber das geht euch nichts an. Hast du früher deine Geschwister bei deinen Eltern verraten?«

»Natürlich nicht. Aber vielleicht hat dein Bruder ein Problem, bei dem wir ihm helfen könnten.«

»Hat er nicht«, versuche ich sie zu beruhigen. »Nicht mehr. Und jetzt hör bitte auf damit. Wenn du noch mehr Fragen stellst, muss ich darauf mit irgendwelchen Lügen antworten. Und dazu habe ich keine Lust!«

Sie lächelt. »Du bist sowieso schon immer eine schlechte Lügnerin gewesen.«

»Findest du?«

»Ach, Lea . . . Meinst du im Ernst, dein Vater hätte dir gestern Abend geglaubt? Warum wolltest du ihm weismachen, du wärst verliebt?«

Ich stopfe mir rasch das letzte Kartoffelstück in den Mund.

»Tschüss, Mutti! Ich muss mir noch ganz schnell die Zähne putzen. Für meinen ersten Kuss.«

Ihr Gekicher verfolgt mich auf dem Weg hinauf ins Badezimmer.

Kurz darauf sitze ich mal wieder auf dem Fahrrad, den Rucksack mit der Kamera umgeschnallt. Frau Scherer ist ein wichtiger Teil meines Plans. Wenn ich nicht die 100 Euro von ihr kriege, die sie mir versprochen hat, kann ich den restlichen Nachmittag vergessen. Dann hätte ich mir eben völlig umsonst die Zähne geputzt.

Die dunklen Wolken am Himmel gefallen mir nicht. Regen passt einfach nicht zu dem, was ich vorhabe. Beim Happyend muss die Sonne scheinen, und zwar von einem strahlend blauen Himmel.

Ziemlich düster sieht es auch für meinen Plan aus, als Frau Scherer mir die Tür öffnet. Sie ist nämlich im Bademantel. Bei ihrem Anblick rutscht mir das Herz in die Hose. An Tagen, an denen sie sich nicht anzieht, ist Frau Scherer normalerweise völlig daneben. An das Geld kann sie sich heute bestimmt nicht erinnern.

»Na, Lea?«, begrüßt sie mich lächelnd. »Bist du nicht nass geworden?«

»Nein.«

Frau Scherer schließt die Tür hinter mir und geht mit mühsamen Schritten voran ins Wohnzimmer.

»Regnet es denn noch nicht?«, fragt sie, nachdem sie sich auf dem Sofa niedergelassen hat. Auf dem Tisch davor stapeln sich haufenweise Bücher.

»Nein«, antworte ich.

»Ich suche ein paar Sätze«, erklärt Frau Scherer und zeigt auf die Bücher. »Ein paar wichtige Sätze, die mir völlig entfallen sind. Eigentlich wollte ich sie mir bis zum Ende meines Lebens merken.«

»Aha.« Ungeduldig trete ich von einem Fuß auf den anderen. Wie wär's, wenn sich Frau Scherer an einen ihrer Sätze von gestern erinnern würde? *Ich gebe dir 100 Euro, Lea!* Ist es denn so schwer, sich einen Tag später daran zu erinnern? Vielleicht sollte ich mal ihrem Gedächtnis ein wenig auf die Sprünge helfen. Aber dazu bin ich zu höflich. Und vor allem zu schüchtern. Alles, was mit dem Thema Geld zu tun hat, ist mir irgendwie peinlich. Wahrscheinlich wäre das ganz anders, wenn wir zu Hause in Geld baden würden.

»Hast du schon mal was von Goethe gelesen?«

»Ja«, antworte ich. »Ein Gedicht. Loreley.«

»Das ist von Heinrich Heine. Aber du möchtest dich bestimmt nicht mit mir über Gedichte unterhalten, oder? Du kommst doch wegen dem Geld.«

»Nein.«

Frau Scherer sieht mich verblüfft an.

»Ja«, gestehe ich verlegen. »Ich brauche es ganz dringend.«

»Im Schrank links unten. In der zweiten Schublade.«

Ich bücke mich und ziehe die Schublade auf. Zehn Fünfziger und ein paar Schmuckstücke liegen darin herum. Ich nehme zwei Scheine heraus und mache die Schublade wieder zu.

»Danke.«

»Wofür, Lea? Das hast du dir verdient.«

»Darf ich mal kurz telefonieren?«

»Soll ich dabei hinausgehen?«, fragt sie.

»Würde Ihnen das was ausmachen?«

»Ja«, gibt sie zu. »Jede Bewegung ist mir ein Gräuel. Aber für dich tue ich alles, meine Liebe!«

Ehe ich sie daran hindern kann, hat sie sich aufgerappelt und ein Buch vom Tisch genommen und schlurft nun hinaus in den Flur. Als ich höre, wie die Küchentür geschlossen wird, greife ich nach dem Hörer des altmodischen Telefons und wähle Maltes Nummer. Zu meiner Überraschung meldet sich eine Frauenstimme.

»Ja?«

»Hallo, hier ist Lea. Kann ich Malte sprechen?«

»Einen Augenblick.«

Es dauert ewig, bis Maltes Stimme zu hören ist.

»Was ist denn?«

Besonders freundlich klingt er nicht. Aber Plan ist Plan und so leicht lasse ich mich nicht von ihm abbringen.

»Treffen wir uns gleich am Gerricusplatz?«, schlage ich ihm vor.

»Wozu?«

»Ich würde gerne noch mal mit dir in den Wald gehen. Zu dem Ameisenhügel. Da gibt es nämlich einen Fotowettbewerb, bei dem man Bilder aus der Natur –«

»Hör auf mit dem Scheiß!«, unterbricht er mich gereizt.

»Das stimmt wirklich!«, versichere ich ihm. »Ich hab den Wettbewerb zufällig im Internet entdeckt. In meiner Kamera steckt diesmal auch ein Film. Das heißt, ich werde mir gleich einen kaufen.«

»Ach nee!«

»Und deine vierzig Euro bringe ich dir auch mit. Also, was ist? In einer halben Stunde am Brunnen?«

»Ich hab zu tun.«

»In einer Stunde?«

Er zögert. »Na gut!«, stöhnt er schließlich. »In einer Stunde. Aber sei ja pünktlich!«

»Du auch! Tschüss!« Er legt auf, ohne sich von mir zu verabschieden. Ich halte noch eine Weile den Hörer in der Hand. Beim Auflegen zittert sie immer noch.

21. Kapitel

Träume ich? Oder will ich wirklich gleich einen Jungen anfassen, um herauszukriegen, ob ich ihn liebe? Was für eine schwachsinnige Idee! Wie kann ich bloß einen Ratschlag von Ulf befolgen? Okay, vielleicht liest er zwanzig Liebesromane im Monat, aber von Liebe hat er trotzdem nicht mehr Ahnung als ich von Atomphysik, wetten?

Unermüdlich tigere ich um den Brunnen herum und wundere mich über mich selbst. Wie konnte ich nur den Mut aufbringen, mich mit Malte zu verabreden? Und wie konnte er so blöd sein, sich darauf einzulassen? Hätte er mich nicht am Telefon eiskalt abservieren können?

Ungeduldig sehe ich auf die Uhr. Die Stunde ist noch nicht um.

Soll ich abhauen? Ich schaue zu meinem Fahrrad hinüber. Einfach auf den Sattel steigen, in die Pedale treten und weg hier! Warum kann ich mich nicht dazu entschließen? Weil ich neugierig bin. Vor allem auf mich selbst. Werde ich es wagen, Malte zu berühren? Schon bei dem Gedanken daran wird mir ganz schwindlig.

Dieses verdamme Wetter! Wieso fängt es nicht an, zu gießen? Dann könnten wir den Ameisenhügel und die Fotos vergessen. Ich würde Malte die 40 Euro in die Hand drücken und mich schleunigst vor dem Regen in Sicherheit bringen. Verzweifelt schaue ich hinauf zum Himmel. Jede Menge dunkle Wolken und kein bisschen Sonne. Wo bleiben die Tropfen? Die Wälder und die Äcker brauchen Wasser. Ich auch. Seit wann regnet es nicht mehr alle zwei Tage?

Da kommt er. Ich bleibe stehen, stemme die Hände in

die Hüften und versuche zu lächeln. Gar nicht so leicht, wenn sich das Gesicht plötzlich in Beton verwandelt zu haben scheint. Vermutlich wird mir auch meine Zunge nicht gehorchen. So wie bei unserem letzten Treffen hier am Brunnen. Nicht mal eine Woche ist seitdem vergangen.

»Na?«, sagt Malte, als er bei mir ankommt. »Bin ich diesmal pünktlich?«

Ich nicke.

»Lass uns nicht lange hier rumstehen«, meint er. »Es könnte gleich anfangen, zu regnen. Was ist mit deinem Rad?«

»Hol ich später ab.«

Aha, meine Zunge funktioniert! Das ist sehr wichtig. Nicht nur für den Kuss.

Kuss . . . Kuss . . . Kuss . . .

Wie gewaltige Glockenschläge dröhnt dieses Wort immer wieder durch meinen Schädel. Minutenlang. Sagt Malte irgendwas? Wenn ja, kann ich ihn nicht verstehen. Dieser Krach in meinem Kopf ist einfach zu laut.

Inzwischen haben wir uns in Bewegung gesetzt. Malte trägt eine braune Jeans und einen schwarz glänzenden Anorak. Beim Gehen hält er seinen Rücken so steif, als hätte er einen Spazierstock verschluckt. Seine Daumen hat er in seine Hosentaschen eingehakt.

Allmählich verebbt das Dröhnen in meinem Hirn. Höchste Zeit, dass ich die Lippen bewege! Nein, nicht zum Küssen. Noch nicht. Erst muss geredet werden. Fragt sich bloß, über was.

»Wie alt werden Ameisen eigentlich?«, frage ich, worauf mir Malte einen verdatterten Blick zuwirft.

»Bist du taub? Wie kommst du jetzt auf Ameisen? Falls du es noch nicht gemerkt hast: Ich erzähle von dem Experiment, das ich am Wochenende abschließen werde. Und das hat nichts mit Ameisen zu tun, sondern mit Plastiktüten.«

»Wie alt werden Plastiktüten eigentlich?«, frage ich ihn grinsend.

»Du interessierst dich nicht für Physik oder Chemie oder Biologie, stimmt's?«

»Meine Lieblingsfächer sind das jedenfalls nicht«, gebe ich zu. »Sport gefällt mir besser. Was ist denn deine Lieblingssportart?«

»Wichsen.«

Er fängt an zu lachen. Ich nicht.

»War nur ein Witz«, erklärt er kichernd. »Das hat mal ein Freund von mir zu unserem Sportlehrer gesagt. Der wollte auch von ihm wissen, welche Sportart er am liebsten macht.«

»Aha.«

Wir haben den Waldweg erreicht, der nach etwa zwanzig Metern steil ansteigt. Ohne stehen zu bleiben, schnalle ich den Rucksack ab und hole die Kamera heraus. Auf dem Weg zum Brunnen habe ich vor einem Fotogeschäft gehalten und mir einen Film gekauft.

»Sei ehrlich: Hast du dir diesen neuen Wettbewerb ebenfalls ausgedacht? Oder gibt's den tatsächlich?«

»Der ist echt«, antworte ich wahrheitsgemäß. »Der erste Preis ist ein Jahresabo von irgendeinem Fotomagazin. Was soll ich denn knipsen?«

»Was du willst. Wir sind gleich am Ameisenhügel.«

Die Strecke bis dorthin legen wir schweigend zurück. Fieberhaft denke ich darüber nach, bei welcher Gelegenheit ich Malte berühren könnte. Und wo. Und wie lange. Es reicht bestimmt nicht, ihm mal kurz auf den Fuß zu treten. Oder eine Fliege aus seinem Haar zu schnipsen. Am liebsten würde ich sein Gesicht berühren. Sein Kinn. Seinen

Mund. Seine Wangen. Erst mal mit meinen Fingern und dann mit meinen Lippen. Wenn ich dabei nichts spüre, kann ich sicher sein, dass ich Malte nicht liebe.

Als wir vor dem Ameisenhügel ankommen, schieße ich ein paar Fotos. Malte geht währenddessen in die Hocke und nimmt ein paar Pflanzen näher in Augenschein. An einigen schnuppert er. Ob er sie gleich futtern wird?

»Gehen wir weiter«, schlage ich vor. »Vielleicht kriege ich noch was Spannenderes vor die Linse.«

»Was sollte das sein?«

Er erhebt sich aus seiner Hocke und stolpert. Ohne zu überlegen, strecke ich meine rechte Hand aus, um ihn festzuhalten. Er greift danach. Und lässt mich nicht mehr los.

Stumm setzen wir unseren Weg fort. Am Anfang bin ich total durcheinander und kann es einfach nicht fassen, was ich gerade erlebe. Doch erstaunlich schnell gewöhne ich mich daran, mit einem Jungen durch den Wald zu spazieren. Hand in Hand. Ein alter Mann, der uns mit seinem Dackel entgegenkommt, lächelt uns an. Wahrscheinlich hält er uns für ein Liebespaar. Und das sind wir ja auch.

Oder etwa nicht?

Je länger wir unterwegs sind, desto eifriger komme ich ins Grübeln. Irgendwie bin ich nicht aufgeregt genug. Okay, Maltes Hand in meiner zu spüren ist zwar nicht übel, aber ich schwebe nicht unbedingt im siebten Himmel. Immer wieder ertappe ich mich dabei, dass ich nach Fotomotiven Ausschau halte. Und dass ich hinauf zu den Wolken schaue, die immer dunkler werden. Würde ich das tun, wenn ich mich im Moment für das glücklichste Mädchen auf der ganzen Welt halten würde? Wohl kaum. Mir entgeht auch nicht, dass Malte immer mehr ins Schwitzen gerät und dass ich meine feuchte Hand gerne an meiner Hose abwischen würde.

Kann das Liebe sein?

Um hundertprozentig sicher zu gehen, muss ich meinen Plan bis zum Ende durchführen. Deshalb bleibe ich plötzlich stehen. Maltes Augenbrauen wandern in die Höhe.

»Ist was?«, fragt er mit einer Stimme, die ich noch nie von ihm gehört habe.

»Ja.«

Mein Herz klopft mir bis zum Hals. Soll ich oder soll ich nicht?

Genau in diesem Moment fängt es an, zu regnen. Malte und ich rühren uns trotzdem nicht von der Stelle.

»Was ist denn?«, fragt er wieder.

Ich schließe die Augen und murmle: »Küss mich!«

Erst passiert gar nichts, und das eine halbe Ewigkeit lang. Doch dann spüre ich etwas auf meinen Lippen. Einen feuchten Schwamm, der mich höchstens drei Sekunden lang berührt.

Das war alles?

Enttäuscht öffne ich die Augen. Malte ist knallrot. Und klatschnass. Er lässt meine Hand los und stopft sie in seinen Anorak.

»Das war ein Experiment«, erkläre ich ihm ohne Umschweife. »Ich wollte wissen, ob ich dich liebe.«

»Und?«

»Das Ergebnis ist negativ.«

Er grinst. »Bei mir auch. Und das ist auch gut so.«

»Warum?«

»Na hör mal! Du bist 13! Als ich dachte, ich wäre in dich verknallt, hab ich die ganz große Panik bekommen.«

»Echt?«

Er nickt. »Auf einigen Gebieten kenne ich mich super aus. Aber ehrlich gesagt, habe ich keinen Schimmer, was Liebe ist.«

»Ich auch nicht.«

»Darf ich dich noch mal küssen?«

»Von mir aus!«

Ich schließe erneut die Augen. Diesmal lässt er seine Lippen etwas länger auf meinen liegen. Trotzdem bekomme ich keine Gänsehaut und auch kein Kribbeln im Bauch.

»Vergiss es!«, seufzt er. »Du musst dir einen anderen Freund suchen.«

»Und du dir eine andere Freundin.«

»Keine Zeit. Sollen wir endlich abhauen? Oder willst du noch bis morgen mit mir hier im Regen rumstehen?«

»War doch ganz lustig, oder?«

»Und wie!«

Auf dem Rückweg nimmt er wieder meine Hand. Und beim Abschied gibt es einen allerletzten Kuss.

22. Kapitel

hi, oliver!
es hat funktioniert. das mit dem anfassen. ich habe mich mit ihm getroffen. gestern. hand in hand sind wir durch den wald gegangen. und dann haben wir uns sogar geküsst. drei mal. wie ich mich dabei gefühlt habe? nicht viel anders als bei den gute-nacht-küssen von meiner mutter. und damit ist ja wohl klar: ich liebe ihn nicht. aber ich kann ihn wahnsinnig gut leiden. und er mich offenbar auch. ob daraus eines tages vielleicht noch liebe werden könnte? vielen dank jedenfalls für deine tipps! die waren wirklich super. jetzt weiß ich wenigstens, was liebe nicht ist. beherzigt dein freund ulf eigentlich auch selbst seine ratschläge? oder liebt er nur die mädchen in seinen liebesromanen?
ich wünsch dir ein schönes wochenende! und frag mich bloß nicht, ob ich mich mit dir treffen möchte. ich würde dich nur anstecken. nein, nicht mit liebe, sondern mit einem schnupfen. leider fand der spaziergang durch den wald bei strömendem regen statt. die quittung dafür ist eine verstopfte nase und ein kratzender hals.
bye!
HHH13

»Hier!«

Ich fahre herum. Simon steht vor mir, eine Flasche Hustensaft und einen Löffel in den Händen und ein fieses Grinsen im Gesicht.

»Was soll ich damit?«, krächze ich mit heiserer Stimme.

»Schlucken. Und dann kotzen. Das Zeug schmeckt ekelhaft.«

»Darum rühre ich es auch nicht an. Ich habe keinen Husten.«

»Noch nicht«, antwortet er. »Aber du wirst welchen kriegen, wenn du das hier nicht nimmst. Hat Mutti gesagt.«

Er stellt die Sachen auf meinen Tisch und geht zur Tür.

»Wahnsinn!«, sage ich, worauf er stehen bleibt und sich umdreht.

»Was? Der Hustensaft?«

»Nein, dass du hier drin warst. Und mit mir geredet hast.«

Er verzieht das Gesicht.

»Das mit den 140 Euro –«, fange ich an, aber mein Bruder will nichts mehr davon hören.

»Vergiss es!«, schneidet er mir das Wort ab. »Immerhin hast du dichtgehalten. Oder weiß jemand was davon?«

Ich schüttle den Kopf.

»Auch nicht deine Freundinnen?«

Wieder schüttle ich den Kopf und schwöre mir dabei: *Das war meine letzte Lüge!*

»Stimmt es, dass Stefanie heute wieder bei dir pennt?«

»Ja.«

»Oh Gott!«, seufzt er.«Hoffentlich himmelt die mich beim Abendbrot nicht wieder an wie einen Hollywoodstar. Ist die in mich verknallt?«

»Ja.«

»Blödsinn!«, schnaubt er und verschwindet aus dem Zimmer. Erstaunlicherweise knallt er nicht die Tür hinter sich zu.

Ich kichere leise in mich hinein. Das Lachen vergeht mir allerdings, als ich am Hustensaft rieche. Nachdem ich einen Löffel davon geschluckt habe, vergeht mir so ziemlich alles. Ich schüttle mich wie ein Hund, der gerade aus dem Wasser gestiegen ist. Danach muss ich mehrmals niesen.

Während ich mir mit der linken Hand die Nase putze, klicke ich mit der rechten Hand auf der Maus herum. Ich habe eine neue Mail. Oliver sitzt anscheinend den ganzen Tag vor seinem Computer.

> hi, HHH13!
> freut mich, dass der test geklappt hat! nein, mein freund ulf interessiert sich nicht für mädchen aus fleisch und blut. die in seinen dicken schmökern reichen ihm voll und ganz. mit lebenden mädels hat er nämlich ein riesenproblem: er müsste mit ihnen reden. und das kann er einfach nicht. tja, damit hat er ganz andere sorgen als ich. mein größtes problem ist, dass ich mit mädchen nicht schweigen kann. im entscheidenden augenblick ist das oft irrsinnig wichtig. aber ich schaffe es einfach nicht, meine klappe zu halten.
> keine angst, ich habe keine lust, mich am wochenende mit dir zu treffen. irgendwie habe ich zu gar nichts lust. schuld daran ist ein mädel aus meiner klasse. sie heißt lea. es könnte sein, dass ich mich in sie verknallt habe. so richtig. mit schmetterlingen im zwölffingerdarm. stundenlang lie-

ge ich auf dem bett, starre an die decke und denke an sie. in den letzten tagen war sie schrecklich nett zu mir. und ich schrecklich blöd zu ihr. das möchte ich gerne ändern. aber wie? wenn ich an montag denke, wird mir ganz schlecht. ich habe angst, dass ich kein wort rauskriege, wenn sie auf dem schulhof vor mir steht. was soll ich machen? hast du keinen tipp für mich? schade, dass du lea nicht kennst. ich kann sie schlecht beschreiben. auf jeden fall ist sie anders als die anderen mädchen in unserer klasse. wie ich das meine? keine ahnung. sie ist halt anders. bin ich auch. aber ist eigentlich nicht jeder irgendwie anders als die anderen?
okay, ich will dir nicht länger mit meinem scheiß auf die nerven gehen. ich lege mich jetzt wieder aufs bett, starre an die decke und denke. an lea. das ist liebe, oder?
schönes wochenende!
oliver

Liebe?!?
Ach du Schande!

Leas Liebes GmbH

Christian Bieniek / Vanessa Walder

Herz und Schmerz und Sauerampfer

Der Mai ist gekommen, die Bäume schlagen aus! Und Lea hat das Gefühl, dass sie den Leuten direkt aufs Hirn schlagen – oder zumindest aufs Herz! Ihren beiden besten Freundinnen z.B.: Nadja hat sich Hals über Kopf in den coolen, unnahbaren Jungen von Gegenüber verknallt. Und Stefanie schwärmt plötzlich für Leas abgebrannten Bruder Simon – der deutlichste Beweis für geistige Umnachtung! Aber so unterschiedlich die Geschmäcker ihrer beiden Freundinnen in punkto Jungs auch sind – in einem sind sie sich einig:
Lea muss raten, Lea muss helfen! Und das, wo Lea doch selbst keine Ahnung hat, wie das mit der Liebe so ist. Da gibt es z.B. diesen merkwürdigen Jugend-forscht-Typen, der mit ihr Ameisen beobachten und Sauerampfer suchen will. Aber bevor Lea über den so richtig nachdenken kann, braucht auch noch Simon ihre Hilfe!

Arena

160 Seiten. Gebunden. Ab 12 Jahren.